ullstein

Das Buch

Bea und Irene, zwei Pechmaries fortgeschrittenen Alters und frisch aus dem Knast entlassen, können sich den Luxus, gute Menschen zu sein, nicht weiter leisten.

Irene hat vor acht Jahren ihren Mann im Rückwärtsgang erledigt. Vorwärts, rückwärts, vorwärts, rückwärts, bis der Idiot endlich tot war. Das ist der Anstoß zu ihrer Geschäftsidee, eine Ich-AG mit krimineller Rache-Ausrichtung: Fortan räumen Bea und Irene auf Wunsch ihrer Klientinnen unerträgliche Ehemänner, fiese Chefs und andere Flitzpiepen aus dem Weg.

Als die Konkurrenz-Agentur ›Revanche‹ auf der Bildfläche erscheint, müssen die Heldinnen dieses komisch-skurrilen Romans jedoch schleunigst einen höheren Gang einlegen!

Der Autor

Aufgewachsen in Berlin, studierte Max Urlacher Schauspiel und Wirtschaftsphilosophie in München und London. Er spielte an den Schauspielhäusern Zürich, Bochum und Hamburg und tritt regelmäßig in internationalen Kino- und Fernsehproduktionen auf. Mit Franka Potente veröffentlichte er »Los Angeles – Berlin. Ein Jahr«. Max Urlacher schreibt Drehbücher und ist preisgekrönter Hörspielautor.

www.maxurlacher.com

MAX URLACHER

Die Königin von Lankwitz

ROMAN

Mitarbeit: Angela Lucke

Ullstein

Besuchen Sie uns im Internet:
www.ullstein-taschenbuch.de

FSC
www.fsc.org
MIX
Papier aus verantwortungsvollen Quellen
FSC® C083411

Originalausgabe im Ullstein Taschenbuch
1. Auflage Februar 2018

Umschlaggestaltung: zero-media. net, München
Titelabbildung: © FinePic®, München
Satz: LVD GmbH, Berlin
Gesetzt aus der Berling Nova Pro
Druck und Bindearbeiten: CPI books GmbH, Leck
ISBN 978-3-548-29019-5

Das Leben ist bunter als eine Rolle
Haribo Roulette. (Bea)

1

Irene sitzt in ihrer Zelle und denkt nach.

Vor ihr ein Teller verkochter Bolognese. Vermutlich die beschissenste Bolognese im ganzen Universum. Grau und klumpig. Irene hat hier bereits jede Art von Scheußlichkeit serviert bekommen. Acht Jahre sind eine lange Zeit. Aber dieser Fraß toppt alles.

Was soll's? In wenigen Stunden ist sie draußen. Sie löst zwei Thomapyrin auf und schüttelt sich beim Trinken. Dann öffnet sie den Piccolo, den ihr die Gefängnisleitung spendiert hat, und prostet sich zu.

Mit zwölf hat Irene zum ersten Mal Alkohol getrunken. Aber hackedicht war sie nur einmal. Bei ihrer Hochzeit. Vorm Altar. Da hat sie ihrem Mann vor die Füße gekotzt. Drei Jahre später überfuhr sie ihn. Gründlich und erbarmungslos. ›Die brave Maus hab ich wohl unterschätzt‹, war das Letzte, was er dachte.

Seinen verblüfften Blick im Rückspiegel nahm Irene befriedigt zur Kenntnis und trat das Gaspedal durch.

Warum sie ihn geheiratet hat?

Sie erinnert sich nicht.

Warum sie mit ihm Schluss gemacht hat?

Darüber spricht sie nicht. Keinesfalls wollte sie sich demütigen lassen. Und so erlöste sie sich selbst und überfuhr ihn.

Genau genommen hat sie ihn erst angefahren, dann überfahren. Letzteres aber gleich mehrmals.

Zunächst wurde er durch die Gewalt des Aufpralls weg- und emporgerissen, herumgewirbelt und mit dem Gesicht nach unten auf den Asphalt geschleudert, beide Arme wie das Ampelmännchen im Winkel von sich gestreckt. Wie er so dalag, fuhr sie über ihn rüber, im Rückwärtsgang. Dann vor, wieder zurück, vor, zurück, vor, zurück. Und noch mal. Um sicherzugehen, dass er auch tot war.

Als sie über ihn rüber ist, hat er weder geschrien noch sein Körper geknackt oder sonstige Geräusche von sich gegeben. Jedenfalls nichts, was zu ihr durchgedrungen wäre. Total unspektakulär. Wie das Überfahren der Bodenwelle einer verkehrsberuhigten Straße.

Was hatte sie erwartet?

Dolby Surround, Special Effects, die Mundharmonika aus *Spiel mir das Lied vom Tod*? Stattdessen die Stimme ihres Navis: »Die Route wird neu berechnet.«

Sie würde es immer wieder tun.

Irene kippt den letzten Rest ihres Piccolos runter und quält sich die lauwarme Bolognese rein. Schlaff und knorpelig. Aber hungrig ins Bett ist auch keine Alternative. Da ist Irene pragmatisch. Kohlenhydrate geben Energie. Und die braucht sie morgen.

Heidi aus der Zelle vis-à-vis schreit über'n Flur: »Irene, olle Kuh, viel Glück da draußen. Werd' dich vermissen. Und lass dich für mich mitvögeln.«

Für derartige Ausfälle hat Irene nur Kopfschütteln übrig. Das Derbe und Grobe liegen ihr nicht.

Irene ist feinnervig. Aber das verbirgt sie.

Unbeirrt dreht sie ihre Runden wie ein Pacman, der nicht gefressen wird. Deswegen lässt man sie in Ruhe. Und die krawallige Heidi ist harmlos, an sich eine treue Seele, 'ne Kodderschnauze und ihre Prollattacken nichts weiter als Sympathiebekundungen.

Wenn Doofheit klein machen würde, Heidi könnte unterm Teppich laufen. Aber jeder hier, ob hetero oder lesbisch, findet Heidi scharf. Sie erreicht im Koordinatensystem geil-doof Spitzenwerte. Das ist der größte gemeinsame Nenner, auf den sich im Zellenblock alle einigen können: Heidi ist scharf.

Ihr Schnute-Ziehen und ihre Sanduhr-Posen sind unübertroffen. Niemand kann seine Schulter- und Hüftachse so wirkungsvoll zueinander ausrichten wie Heidi. Sie mag Männer und Frauen, aber nie gleichzeitig, mal mehr die einen, mal mehr die anderen. Zurzeit durchlebt Heidi eine weibliche Phase. Das kommt gut an im Knast. Anders wär's auch schlechtes Timing.

Niemand nimmt Heidi für voll, alle belächeln sie – allein, Irene hat sie als Erste belächelt, noch bevor Heidi verknackt wurde.

Sie war einer der fleißigsten Langfinger Berlins, aber auch der dämlichste. In der Miederwarenabteilung des KaDeWe – Irenes langjährigem Arbeitsplatz – schlug Heidi einst mit zwei Türkenmädels auf. Sie hatte die beiden auf dem Spielplatz gegenüber engagiert, um ihre Scout-Rucksäcke mit geklauter Ware vollzustopfen. Heidi ist rotblond und sehr kurvig, stolz präsentiert sie, was sie hat. Als türkische Mutti eher unglaubwürdig, aber das war nicht der Punkt, der Irene irritierte, sondern, dass die beiden Gören Heidi siezten: »Ey, Frau, musste Fuffi drauflegen, oder isch schrei Bullen, dass du voll der Dieb bist.«

Irene hat sonst alle gemeldet – sie hat Prinzipien. Wo käme man hin, wenn sich jeder nimmt, was er will? Man muss ja auch Mühe und Aufwand sehen, die dahinterstecken, und das KaDeWe zu dem Tempel machen, das es ist.

Heidi wurde Irenes einzige Ausnahme. Dämlichkeit darf nicht belohnt werden, aber Erpressung verabscheut Irene noch mehr. Hat nicht lange gedauert, bis Heidi trotzdem im Knast landete.

Irene liebt ihren alten Arbeitsplatz. Nichts gibt sie auf die Stimmen, die meinen, das KaDeWe sei nicht Weltniveau, sondern Provinz-Oberliga. Es ist Berliner Luxus. Und Berlin wird nie New York sein. Der Ku'damm nie die Champs-Élysées. Auch wenn die Berlinerin noch so sehr davon überzeugt ist. Irene ist sich dieser Großmannssucht bewusst, denn sie ist Berlin, durch und durch. Jahrgang '61, lebte sie selbst den Spagat zwischen Ku'damm und Lankwitz, einer Gemeinde von Steglitz. Irgendwas zwischen Außenbezirk und Vorort, überschaubar, alles geregelt, unspektakulär. Langeweile als Regelfall. Die meisten Berliner wissen noch nicht mal, wo Lankwitz liegt, geschweige denn, wofür es steht.

Einige wenige erinnern das ehemalige Auffanglager, als Ossis noch Flüchtlinge waren, oder kennen das Tierheim, das es mittlerweile auch nicht mehr gibt. Ansonsten? Zehlendorf hat seine Neureichen, Spandau seine Spießer, Prenzlauer Berg seine Muttis, Mitte seine Hipster, Kreuzberg die Multikultis, Wilmersdorf die Witwen. Und Lankwitz?

Die größte Stärke einer Lankwitzerin sei ihr Wille, hat Irenes Mutter immer behauptet – ihr Wille, es aus Lankwitz herauszuschaffen. Nach Charlottenburg, oder wenigstens nach Friedenau.

Und in der Tat: alle Berliner Bezirke halten sich für speziell. Lankwitz nicht.

Irene sich auch nicht.

Den Gegensatz zu Lankwitz symbolisiert für Irene das KaDeWe. Nicht der unbezahlbare Glamour, wie man ihn aus Hochglanzmagazinen vom Friseur kennt, sondern erreichbarer Luxus, erfüllbare Träume, keine Utopie, nicht zu extravagant, obere Mittelklasse, vor allem in Irenes Abteilung, die so übersichtlich war wie die Berliner Straßen, preußisch praktisch in Rechtecken angelegt. Eine ordentliche Harmonie. Damals. Denn in den vergangenen acht Jahren hat sich viel getan im KaDeWe.

Das weiß Irene von Bea, ehemalige Mitgefangene, mit dem schrillen Auftreten einer Disney-Hexe. Madame Medusa aus *Bernard und Bianca,* eine Stimme wie ein

Aschenbecher und beim Lachen ein Rasseln, als ob die halbe Lunge mit hochkäme. Dabei wird jedem schnell klar, dass Bea mitnichten eine Medusa ist. Sie ist schlicht zu nett und hat Pech mit Männern, immer schon. Wobei, es gibt keine im Knast, die das nicht von sich behauptet. Beas Ex und Junior-Chef des Steuerbüros, in dem sie seit ihrer Ausbildung als Steuerfachgehilfin arbeitete, hat sie als Bauernopfer benutzt. Die Drecksau hat sie vorsätzlich Schriftstücke unterschreiben lassen, die außerhalb ihrer Befugnisse lagen, und sie dann angezeigt.

Aussage gegen Aussage. Niemand glaubte Bea, nicht mal ihr eigener Anwalt. Fazit: zwei Jahre ohne Bewährung.

Im Knast wurde sie schnell als Zuckerprinzessin angebitcht. Ein kritischer Moment. In den ersten Tagen hinter Gittern platzierst du dich als Opfer oder wirst respektiert. Bei Bea deuteten alle Zeichen auf Opfer.

Warum sich Irene ihrer annahm, weiß sie selbst nicht genau, Irene ist nicht der Typ, der schnell Freundschaften schließt, aber sie mochte Bea, konnte ihr grade ins Gesicht blicken und fragte: »Willst du Prinzessin sein oder Königin?«

»Königin.«

»Dann musst du Anspruch erheben auf deinen Thron.«

»Wie?«

»Warte nicht lächelnd, bis dir jemand den Schuh hinterherträgt, sondern zieh ihn dir selber an.«

Das verstand Bea: »Wie im Märchen!«

»So ähnlich.«

»Ich sage sowieso immer, das Leben ist nichts anderes als ein Märchen.«

»Märchen sind böse.«

»Das Leben auch. Und mit Märchen ist das Leben besser auszuhalten. Man hat wenigstens die Hoffnung auf ein Happy End.«

Genau das schätzt Irene an Bea. Die Illusion eines Happy Ends ist in ihr nicht totzukriegen. Bea hat die Zuversicht quasi im System. Und falls sich das Schicksal launisch zeigt, quatscht Bea dagegen an, nutzt jede Möglichkeit, gutgelaunt zu sein, und würde statt »wechselnd bewölkt« stets »vereinzelt Sonnenschein« sagen.

Klar, das Leben ist eine Abfolge von Pannen, Verletzungen und Demütigungen. Wer, wenn nicht Bea, hat das kapiert. Aber ihre Sehnsucht nach Fröhlichkeit ist stark genug, um über Schlaglöcher und Drecksäue hinwegzulächeln.

Im Knast hat Irene verhindert, dass Bea in die Fänge der dunklen Mächte geriet, und Bea vermochte es, Irene einen Rest von Unbeschwertheit zu bewahren. Vor allem aber hat Irene in Bea einen Menschen gefunden, dem sie vollkommen vertraut.

Seit neun Monaten ist Bea wieder draußen, aber regelmäßig auf Visite bei Irene.

»Wie komm ich am schnellsten an Kohle, wenn ich auch raus bin?«, hat Irene Bea bei einem ihrer letzten Besuche gefragt.

»Beine breit.«

»Ich bin 56!«

»Das ist heut' doch kein Alter. Du bist noch eine durchaus attraktive Nudel. Und außerdem, was sonst? KaDeWe ist passé. Die haben nur saubere Leute. Polizeiliches Führungszeugnis und so. Du bist am Arsch. Weil 1000 Leute eine bessere Ausbildung haben und nicht im Knast waren.«

»An irgendeine Kasse stellen geht immer.«

»Hast du 'ne Ahnung. Aldi, Lidl, das sind die Pingeligsten. Außerdem wirst du da ständig überwacht. Das ist schlimmer als Knast. Nein, es gibt nichts! Nichts!! Leichen waschen vielleicht. Das wär was. Leichen waschen, schminken, zurechtmachen. Das kann nicht jeder. Aber im Knast haben wir ja 'ne Menge erlebt. Also kannste das vielleicht doch. Und wenn's ums Leute-Verschönern geht, biste doch vom Fach.«

»Meine Spezialität sind Dessous, nicht Leichenhemden.«

»Bei deiner KaDeWe-Kundschaft haste auch nichts anderes gemacht, als halbtotem Gewebe einen Anschein von praller Frische mitzugeben.«

»Ich will fürs Leben verschönern. Nicht für die Kiste.«

»Die nehmen eh nur Männer. Schade eigentlich. Die Arbeit stell ich mir nämlich nicht schlimm vor. Leute zurechtmachen, die sich nicht bewegen, ist einfach. Da verrutscht nix. In Amerika ist das anders. In Amerika ist alles anders. Da nehmen sie auch Frauen. Bei uns nur Männer. Weil die ja auch Särge abholen müssen. Das kann man einer Frau nicht zumuten. Scheidet also aus.«

»Was dann?«

»Saisonarbeit geht auch nicht. So zäh wie die Polen sind wir nicht, Spargel stechen und so, unsereins ist doch viel wehleidiger als die Naturburschen aus dem Osten.«

»Vielleicht was mit Tieren? Ich kann gut mit Hunden.«

»Da musst du heute mindestens Psychologie studiert haben. Die sind alle medial organisiert. Ich kenn da eine Hundetrainerin mit eigener Facebook-Seite. Und manche haben sogar Verbindung ins Jenseits. Da kannst du dann mit der Seele von deinem plattgefahrenen Struppi Kontakt aufnehmen und fragen, ob's ihm gutgeht im Hundeparadies. Nee, sorry, auf die Hunde-Nummer hätt'ste vor zehn Jahren kommen müssen, Irene. Da biste zu spät. Bleibt nur: Beine breit. So wie ich. Hat nicht weh getan.«

Beas Glück war, dass sie nach ihrer Entlassung an Gitta geriet, ein Faktotum in der Branche. »Bereits 74 Jahre uff'm Buckel, und der laufen sie immer noch die Bude ein!«

Faktotum Gitta hatte Bea geraten: »Süße, wechselnde Freier, das ist nichts für dich, dafür bist du ein zu sensibles Pflänzchen, du brauchst 'n Festen. Mehr was Häusliches. Ich kenne da 'nen lädierten Rentner. Wenn du den zu Tode pflegst, auch nicht schlimm. Niemand macht bei einem 85-Jährigen 'ne Autopsie.«

Bingo. Ein seniler Flegel mit fürchterlichen Manieren. Aber wer von uns ist schon perfekt? Und keine sechs Monate später hatte der Pflegefall Bea 90 000

Euro vermacht. Na ja – nicht wirklich vermacht, eher zurückgelassen. Denn Bea hatte in weiser Voraussicht beizeiten seine Uhrensammlung peu à peu beiseitegeschafft.

»Tut niemandem weh. Ihm nicht, und Erben hat er keine. Vater Staat soll sich woanders bedienen. Das kann ich aber so was von mit meinem Gewissen vereinbaren.«

Wobei Irene weiß, dass Bea selbiges damit beruhigt, indem sie dem Pflegefall einmal die Woche Blumen aufs Grab legt.

Von der Hinterlassenschaft hat sich Bea eine Eigentumswohnung in Lankwitz gekauft. Grade noch rechtzeitig vor dem Immobilienboom, der selbst Lankwitz erreicht hat. »Wer hätte das gedacht? In Lankwitz passiert sonst immer alles zehn Jahre später.« Bea liebt ihre Butze. »Meine Bonbonschachtel«. 50er-Jahre-Mietskaserne, sechster Stock, weder Aufzug noch Balkon, kalt, zugig und duster, und jeden Monat mindestens einen Tag kein Wasser, weil wieder irgendwo ein Rohrbruch ist, »aber total schnuckelig. Das Bad mit beige-braunen Kacheln. Ist so retro, dass es schon wieder in ist. Und die Küche hat dies und das und jenes auch nicht, aber sie ist praktisch. Wer braucht schon Töpfe, die im Eckschrank Karussell fahren? Die Dunstabzugshaube ist Schrott, aber man kann ja das Fenster öffnen, wenn man Fisch brät. Und nur 115 Euro Nebenkosten. Ein Träumchen. Also, mach dir mal keenen Kopp, Irene. Wenn du hier rauskommst, wohnste bei mir! Versprochen. Mein Castle ist auch dein Castle.«

»Danke. Aber was dann? Ich kann doch nur Dessous.«

»Mach dich selbstständig.«

»Mein Traum! Aber woher die Kohle?«

»Sag ich doch. Beine breit!«

»Nein!« Irene zögert. »Höchstens Massage.«

»Willste den Leuten 'n Buckel ranmassieren? Da musste doch ausgebildet sein.«

»Taxi fahren?«

»Fällt flach bei deiner Vorgeschichte. Aber wenn ich so ein Talent hätte wie du, würde ich mal bei meinen Freundinnen rumfragen und denen gegen Geld ihre dämlichen Wichser plattfahren. Ich bin ja leider nur eine gute Beifahrerin.«

Nichts weiter als eine hingeworfene Bemerkung, aber die Idee arbeitete in Irene.

Knast ist ein inhumanes Soziotop. Irene lebte hier mit einigen der bösartigsten, gewalttätigsten und skrupellosesten Frauen Deutschlands. Allerdings von Nahem betrachtet: lauter patente Individuen. Die bringen einen auf Ideen, auf die man alleine nie kommen würde. Von ihnen hat Irene viel gelernt. Vor allem: Schweigen. Diskretion. Und taff sein.

Beim nächsten Besuch erklärte Irene Bea: »Dein Angebot für Kost und Logis nehme ich an.«

»Wir beide, wiedervereint, wie im Knast, zusammen Frühstück und gemeinsam Licht aus. Herrlich.«

»Unter einer Bedingung.«

»Egal welche.« Bea stand auf und streckte die Hand aus. »Was immer du willst, Irene!«

»Sobald ich draußen bin, fahr ich dir deine Steuerdrecksau über'n Haufen.«

2

»Du hast es wirklich getan?«, fragt Bea.

»Ja.« Irene gibt Stoff und brettert mit Schmackes über den Stadtring. »Du freust dich ja gar nicht.«

»Doch. Ein bisschen.«

Irene sieht die Ausfahrt Detmolder und zieht abrupt auf die rechte Spur. Um sie herum wütendes Gehupe.

»Hat's ihm denn weh getan?«, fragt Bea. »Hat er geschrien?«

»Gewinselt.«

»Der Arme.«

»Weichei. Wehleidig wie alle Männer. Hab ihn schließlich nicht überfahren, nur angefahren.«

»Aber so, wie wir's besprochen haben. Nur die Schulter?«, versichert sich Bea.

»Ja, nur die Schulter.«

Mit Karacho runter von der A100, dann kurz vorm Wilmersdorfer Stadtbad scharf links rüber zu Cosy Wash.

»Wie kannst du sicher sein?«, hakt Bea nach.

»Ich hab mehr Feingefühl in meinem kleinen Zeh als andere in ihrem ganzen Körper.« Irene drosselt das

Tempo und reiht den röchelnden Aygo in die Schlange ein. »Wenn ich aufs Gas trete, stimmt die Dosierung.«

Zwei Wagen sind vor ihnen. Irene kurbelt das Fenster runter. Beas Aygo hat bereits zehn Jahre auf dem Buckel und keinen Schnickschnack. Nur Grundausstattung. Kein elektrischer Fensterheber, keine Klimaanlage. Basic halt. Mehr war nicht drin. Bea stört das null. Im Gegenteil, dieses ganze elektrische Gedöns ist ohnehin nur Quell permanenter Reparaturen. Was es nicht gibt, das kann auch nicht kaputtgehen.

Und tatsächlich, während ihrer nachmittäglichen Mission war auch Irene überraschend angetan von Beas kleinem Flitzer. Der Aygo ist gut für die Verfolgung, weil Allerweltsauto, also unauffällig, und da er vorne genauso kurz ist wie hinten, kann man ganz nah ranfahren und dann unerwartet zustoßen. Dabei ist er leicht in der Handhabung, erstaunlich wendig und locker mit dem Hinterteil.

Für die gröberen Dinge wäre Irenes alter Liebling der Hit gewesen: Golf II Diesel, ein kleiner Panzer, zäh und robust ohne Ende und noch mit ordentlicher Stoßstange. Der lief und lief und lief. Motor und Karosserie wären noch über jeden Scheißkerl drüber und einmal um die ganze Welt gefahren, wenn diese elende Elektrik nicht gewesen wäre. Irene hat ihn aus dem Knast heraus stilllegen müssen. Der Unterhalt hätte sie sonst aufgefressen. Ein Jammer.

Beas Aygo dagegen ist nichts zum Drüberfahren, viel zu leicht, aber optimal zum Anbuffen. Wer hätte dieser Keksdose das zugetraut? Wie gemacht für die Schulterquetschung von Beas Steuer-Ex. Ein eleganter Heck-Kick, ein kleiner Wumms, und die Drecksau lag im Rinnstein!

Der Tankwart von Cosy Wash zieht die Hülle über den hinteren Scheibenwischer: »Was soll's sein?«

Bevor Irene antworten kann, lehnt Bea sich über sie rüber und ruft: »Das Beste, was geht, Meister. Alles picobello. Wie frisch vom Band!«

»Cosy-Polly-Complett zum Feierabendtarif für 13,60?«

»Spitze! Nehmen wir. Ach, und unbedingt mit Unterboden-Intensiv!«

Irene steuert das Laufband an, stellt den Motor ab und nimmt den Gang raus: »Programm Soft-Tex hätte auch gereicht, hab die Drecksau ja nicht zerstückelt, nur die Schulter touchiert. Da hat nichts gespritzt.«

Die Waschanlagenautomatik übernimmt und zieht den Aygo vorwärts. Der Wagen ruckelt, das Häkelschwein am Rückspiegel tanzt, und sie sind auf Spur.

»Sicher ist sicher«, meint Bea und bringt den selbstgebastelten Talisman zur Ruhe, »war ja auch übervorsichtig mit meinem Alibi. Hab mir Foliensträhnchen gegönnt und extra auffällig von meinem Rheumaschub erzählt und dass ich jetzt Heilfasten mache, das brennt sich ein, niemand wird mich verdächtigen.«

»Du hast Rheuma?«

»Nee, aber meine Cousine, da kenn ich mich aus,

das wird nämlich immer und überall als Entschuldigung akzeptiert. Vor Rheuma haben die Leute Respekt. Und Heilfasten wollte ich schon immer mal.«

Schaum prasselt aufs Auto, hüllt sie ein wie eine Schneelandschaft.

»Hast du die Nummernschilder ausgetauscht?«, fragt Bea.

»Logisch. Entspann dich.«

Bea ist trotzdem nervös. Ihr Leben wäre schön, so wie es ist. Aber die Drecksau, der sie die ganze Misere zu verdanken hat, musste wohl dran glauben. Das war der Deal. Bitte nur ein bisschen, hatte Bea Irene gebeten. Nur die Schulter. Nicht zu doll. Weil, Drecksau hin oder her, sie hat eigentlich mit all dem abgeschlossen, und ohne die Drecksau hätte sie ja nie Irene kennengelernt. Es hat eben alles seine negativen und positiven Seiten. Yin und Yang und so. Und man soll bloß nichts raufbeschwören, sonst rächt sich das Karma. Und mit dem ist Bea eigentlich im Reinen. Trotz der Drecksau. Und würde es auch gerne bleiben. Möglichst ohne Gewalt.

Aber Bea hat trotzdem so getan, als ob sie Irenes Idee super findet: Drecksau übern Haufen fahren gegen freies Logis. Nur deshalb hat Irene ja zugestimmt, bei Bea einzuziehen. Also willigte Bea ein, damit Irene kein schlechtes Gewissen zu haben braucht, bei ihr zu wohnen.

Irene ist, wie Bea gerne wäre. Eine Frau mit Prinzipien, 'ne Stolze. Und ein schlechtes Gewissen haben ist doof. Das versteht Bea. Aber nun hat sie ein schlechtes Gewissen gegenüber der Drecksau und gleichzeitig einen Ärger auf sich selbst, wegen ihres bekloppten schlechten Gewissens und weil sie Gefahr läuft, wieder weich zu werden – ihr altes Problem, ausgerechnet der Drecksau gegenüber.

Im Knast hat Bea von Irene gelernt: Wenn's nur noch fünf halbe Hähnchen in der Auslage gibt, dann scheiß auf Höflichkeit, gezielt vordrängeln ist die Devise, bis man schlimmstenfalls Nummer fünf ist. Nur die Gewinner überleben. Das ist Evolution. Darwinismus. War schon immer so.

Die Stofflappen der Bürsten klatschen gegen die Windschutzscheibe.

»Ich hab mir da was überlegt, Bea. Wir können uns den Luxus, anständige Menschen zu sein, nicht länger leisten, und ich weigere mich, uns von kleinkarierten Vorstellungen aufhalten zu lassen. In der Zeitung schreiben sie, ganz Berlin gründet tagein, tagaus ein Unternehmen nach dem anderen und setzt auf eine goldene Zukunft. Das müssen wir auch, Bea. Wenn wir nicht selber was für uns tun, wird's keiner tun. Lass uns was Gemeinsames aufbauen.«

»Au ja.«

»Die Frage ist: Was verlangt der Markt?«

»Äh?«

»Dienstleistung!«

»Genial! Und das heißt?«

»Lebenshilfe in Sachen Selbstoptimierung.«

»??«

»Was ist die Marktlücke?«

»Hm ...«

»Zeitnahe und effiziente Hilfe für gedemütigte Frauen!«

Bea strahlt wie der Berliner Funkturm. »Das isses!«

Der Schaum wird abgespült und das Auto trocken geblasen.

»Wir machen ab sofort Geld, mit dem, was wir können. Kerle anfahren ...«

»... oder sie gleich ganz plattmachen!«

»Langsam«, bremst Irene, »wir sind ja nicht die Mafia, wir tun Gutes.«

»Absolut!«

»Es wird dauern, auf dem Markt Fuß zu fassen. Aber fleißig sind wir ja.«

Bea überlegt. »Aber was mach ich?«

»Du bist unser Glücksbringer.«

»Das hast du jetzt aber schön gesagt.«

»Das meine ich auch so. Das ist kein Geschäft für Verlierer, wie Drogen oder Einbruch.«

»Diese Loser reiten sich früher oder später alle in die Scheiße!«

»Wir handeln mit Sehnsüchten«, entgegnet Irene, »wie bei teuren Dessous. Wir bieten einen Moment der Genugtuung. Natürlich kannst du uns nicht in den Gelben Seiten anbieten, aber es wird ohne Ende Frauen geben, die dafür, ihre Drecksau anfahren zu lassen, zahlen. Gerne zahlen. Und gut zahlen. Glaub mir. Der Kern unserer Marke stimmt. Und unser Radius kann nur Lankwitz sein. Hier kennen wir uns aus.«

»Statt Dirty Harry in San Franciso, Dirty Irene in Lankwitz«, grinst Bea.

»Genau. Hier können wir in der Masse schwimmen. Unterm Radar fahren. Nicht Hollywood, sondern mehr so lokal, wie die *Drei Damen vom Grill.* Weißte noch?«

»Die waren auch selbstständig und mit 'nem Wagen unterwegs.«

»Wie wir, Bea. Nur in modern und minus eins.«

»Genau. Zwei Damen vom Grill im neuen Jahrtausend, wo es nicht reicht, die Wurst zu wenden und auf Kundschaft zu warten.«

Die Trockenwedel werden eingefahren.

»Wir erweisen der Welt einen Dienst, wenn wir diese Klappskallis aus dem Weg räumen! Du kennst doch x Weiber mit Problemtypen, Bea. Du organisierst. Ich führe aus. Was meinst du?«

Die Ampel schaltet auf Grün, und das Laufband schubst sie aus der Waschstraße.

»Sag, was du willst, Irene, du bist eine Visionärin.«

3

»Das KaDeWe ist auch nicht mehr das, was es mal war«, stöhnt Bea und schiebt sich auf den Barhocker. Sie sitzen in der 6. Etage an der Theke von Lavazza, was früher Dallmayr war. »Nur die Klos sind noch an der gleichen Stelle. Andauernd bauen die hier um. Immer wenn du grad kapiert hast, wo man was findet, rennste gegen 'nen Bauzaun. Ein heilloses Kuddelmuddel. Handtaschen gibt's im Erdgeschoss, in der Dritten und in der Fünften. Warum, weiß kein Mensch!«

Die Kellnerin beugt sich über den Tresen. »Was darf's denn sein?«

»Einen Kaffee, schwarz, ganz normal«, antwortet Bea, »haben Sie das?«

»Aber natürlich. Filterkaffee?«

Bea klatscht in die Hände: »Es gibt sie noch, die guten alten Dinge. Herrlich!«

»Filterkaffee ist wieder sehr gefragt«, sagt die Kellnerin und wendet sich zur Anrichte.

»Haste Töne!«, jubelt Bea. »Mit ein wenig Glück werden sogar wir wieder trendy.«

Irene schmunzelt: »Genau das ist unser Firmenmotto.«

»Was denn?«

»Ehrliche Dienstleistung zum fairen Preis.«

»Selber schuld, wenn du 5000 Euro für den Kaffee-Vollautomaten ausgegeben hast und paar Jahre später der Trend zurück zum Filter geht.«

»Genau.«

»Ein Glück, dass wir im Knast waren und den Trend verpasst haben!« Bea haut auf die Theke. »Wieder was gespart!«

»Das Ergebnis muss überzeugen. Wir brauchen gar keine teuren Geländewagen anschaffen, uns reicht ein Kleinwagen wie dein Aygo. Mit was wir die Macker übern Haufen fahren, ist total irrelevant. Das Resultat zählt!«

Genüsslich trinken die beiden ihren Kaffee und lassen den Blick über die Petits Fours und Macarons in den Auslagen wandern.

Irene wird wehmütig. Damals, im Kreis ihrer alten KaDeWe-Kolleginnen, war sie ein Superheld, keiner, der fliegt, Spinnennetze wirft oder Feuer speit, sondern die mit dem Scannerblick. Irene Majowski, die Wonderwoman der Miederwaren.

Sie war die perfekte Verkäuferin: nicht zu aufdringlich, nicht selbstgerecht. Irene hat selbst keine Modelmaße, was jene schätzten, die auch keine 80B-lerinnen waren und daher bereit, eine Menge Geld für die perfekte Passform auszugeben.

Irene war in der Lage, alle Formen zu optimieren, egal ob Pfirsich, Wassermelone, Fallobst, Igelschnäuzchen oder Pickelhaube. Und sie verstand: Wenn du schwere Brüste hast, beinahe vorn überkippst und ewig unter Rückenschmerzen leidest, ist das das Fegefeuer auf Erden. Diesen Frauen konnte sie helfen. Aber auch denen, die Ausschnitte mit aufgerüschtem Zeugs trugen, um das Nichtvorhandene optisch zu kaschieren, vermittelte sie ein gutes Körpergefühl, indem sie zum Beispiel empfahl, den Fokus mittels eines Brasilianos aus exklusiver Spitze auf den Po zu lenken. Und wenn beides nicht als Hingucker taugte, musste halt Shapewear ran, damit wenigstens die Verpackung anständig aussah.

Es gab Kundinnen, mit denen es Spaß machte. Die taten sich was Gutes, gönnten sich den kleinen Luxus, den man eigentlich nicht braucht, aber gerade deshalb umso lieber mag. Dann jene mit mieser Laune, weil sie trotz Beratung nie das Richtige fanden und Unterwäsche als Quell ewiger Demütigung erleben. Und die Gruppe der männlichen Kunden, die sich wiederum unterteilte, einerseits die Beschämten, weil sie ihrer Freundin zum ersten Mal Unterwäsche kauften und die Größe nicht wussten, und andererseits die Experten, die die exquisitesten Modelle gleich in zweifacher Ausführung wählten, den Balconette-BH für die knackige Freundin, das Mittelträger-Modell für die Gattin. Und natürlich Irenes Lieblinge, die Transen, aber die braucht man nicht zu beraten, die kennen sich aus.

Gestärkt für ihr eigentliches Ziel, die Miederwarenabteilung, zahlen Irene und Bea ihren Kaffee, nehmen die Rolltreppe, durchqueren die Accessoires im dritten Stock und halten hinter den Handschuhen direkt auf die Dessous zu. Irene hat sich mit Sonnenbrille getarnt, sie möchte keiner ihrer alten Kolleginnen Rede und Antwort stehen. Bea fläzt sich auf den letzten freien Sessel und fängt sich den neidvollen Blick eines mit Tüten bepackten Herrn ein, der von seiner Alten zwischen Übergrößen und Hüfthaltern geparkt wurde.

»Früher gab's mehr Sitzgelegenheiten«, moniert Irene, »wieder mal an der falschen Stelle gespart. Sessel weg und stattdessen noch'n Aufsteller hin. Fehler! Die Kundin kauft nichts, wenn der Mann nörgelnd in der Ecke steht.«

»Verständlich. Bin jetzt schon fix und fertig«, seufzt Bea, »viel zu warm hier.«

»War schon immer so. Es sei denn, du stehst direkt unter der Düse und kriegst die volle Dröhnung – dann wirste krank. Gibt auch keine richtige Klima-, sondern nur 'ne Umwälzanlage, den sogenannten Mief-Quirl. Und das bei der Klientel, wo jede zweite Kundin im Pelzmantel unterwegs ist.«

»Da probiert man doch gerne mal Dessous und lüftet sich in der Garderobe.«

»Da haste auch wieder recht«, lacht Irene und fragt: »Willst du nicht mit?«

»Nee, nee, mach mal. Ich warte hier.«

»Bist du sicher?«

Bea nickt. »Hat ja viel mit Emotionen zu tun. Das ist deine alte Welt. Da will ich nicht stören. Außerdem brennen mir die Füße.«

»Will nur mal gucken, nicht lang.«

»Schon gut, lass dir Zeit, Irene, aber sei nicht schockiert. Zu deiner Zeit war klar, wo was war. Dessous links, sportliche Baumwollware rechts, Nachtwäsche hinten an der Wand. Und heute? Alle haben alles, aber keiner das Richtige. Dazwischen plötzlich ein Friseur, und die Bademoden in der hintersten Ecke findet man höchstens per Zufall. Die sind nur noch auf rundumoperierte Russinnen eingestellt. Wer sonst kauft schon Bikini mit Push-up und Goldkettchen? Da klimpert's doch beim Planschen. Und am Ende säufste vornüber ab, wenn du in' Pool steigst! Außerdem rostet der Glitzer im Wasser.«

»Ist doch Plastik«, widerspricht Irene, aber sie kapiert, wenn das schon Bea bekrittelt, die sonst voll auf Russen-Protz steht, dann ist klar, in welche Richtung es geht.

Bea kauft im Internet und nur noch Vorderverschluss-BHs, weil sie sich nach ihrer Schulter-OP nicht mehr nach hinten verrenken kann. Daran ist auch ihr Steuer-Ex schuld, die Drecksau hat sie beim Sex aus dem Bett getreten. Und zwar nicht aus Leidenschaft.

Vorsichtig nähert sich Irene den Aufstellern. Nimmt hier einen BH in die Hand, dort einen Slip und schaut, welche Modellauswahl pro Serie präsentiert wird. Zärtlich streicht sie über das seidige Material, testet die Dehnbarkeit der Spitze, die Verarbeitung und studiert die Etiketten. Dann hängt sie alles ganz schnell wieder weg, um bloß nicht angesprochen zu werden.

La Perla, Chantelle gibt's nach wie vor, und Passionata scheint immer noch beliebt zu sein. Komisch, wundert sich Irene, war schon damals nur minimal günstiger, aber wenn man die Dinger zweimal gewaschen hatte, streikte die Maschine, weil der Bügel im Getriebe klemmte. Das wurde dann richtig teuer.

Und heute? Wenig neue Marken. Überhaupt, eine Ansammlung von Boutiquen, mehr Schauhaus als Kaufhaus. Alles eine Spur exklusiver, ansprechend präsentiert, aber wenn eine Kundin ganz klassisch Feinripp sucht, hat sie Trauer. Gibt's nicht mehr. Stattdessen, gedimmt in einer Ecke, wie ein feines privates Boudoir mit tülligen Volants in Lila: die Firma Agent Provocateur. Darüber hat Irene gelesen. Für ihren Geschmack zu puffig. Und ein junger Hüpfer hinter der Kasse, die zwar niedlich ausschaut, aber sicher keine Fachkraft ist.

Dennoch, diese Welt aus schönem Schein und Kunstfertigkeit, aus Exklusivität und Handwerk, wie hat Irene die vermisst.

»Entschuldigen Sie. Können Sie mir helfen?« Eine aufgelöste Kundin winkt aus einer der Kabinen. »Ich hab mal das T-Shirt übergezogen, um zu sehen, ob sich der BH abzeichnet. Das Modell finde ich schön, aber irgendwie sitzt es komisch.«

Irene tritt zu der Kundin in die Kabine. Oh, ein wirklicher Fortschritt, darum hatte sie zu ihrer Zeit lange und vergebens gekämpft: endlich getönte Spiegel und warmes Licht, damit die blasse Berlinerin keinen Schreck kriegt, wenn sie sich halbnackt gegenübertritt.

»Darf ich?« Irene langt der Kundin sanft unter die Achsel und fühlt den Sitz. Wie in alten Tagen. Ein

Griff, Problem erkannt. »Falsches Modell«, sagt Irene, »und – wenn ich ehrlich sein darf?«

»Nur zu!«

»Probieren Sie mal eine Unterbrustgröße kleiner und einen Cup größer. Und dann die Träger nicht so straff. Ein BH ist kein Hosenträger. Er muss ringsum stützen. Diese Marke ist tendenziell ein bisschen dreieckig. Da macht das Polster das meiste aus. Aber Sie haben doch ein schönes Dekolleté, Sie brauchen keinen Push-up. Der Trend geht eh wieder zum Natürlichen. Und da können Sie doch punkten. Warten Sie, ich hole Ihnen das Modell, mit dem wir das am besten betonen.«

»Oh, danke!«

»Gut sitzende Wäsche ist kein Schicksal, sondern eine bewusste Entscheidung!«

Beschwingt kehrt Irene zu Bea zurück. »Komm«, sie kramt in ihrem Shopper nach dem Parkticket, »die Stunde ist bald rum. Dann wird's teuer.«

Irene hält Bea ihren Arm hin, damit sie sich unterhaken kann, und gemeinsam schlendern sie zum Übergang Richtung Parkhaus: »Wenn sich das KaDeWe verändert, dann schaffen wir das auch.«

»Glaubst du?«

Irene nickt. »Vom KaDeWe lernen, heißt Siegen lernen!«

»Frau Majowski?«

Irene dreht sich um.

»Wusst' ich's doch.«

Vor Irene und Bea steht eine Verkäuferin mit Ponyfrisur und Strickjacke: »Ich bin's, die Jana, Ihr Azubi von damals, erinnern Sie sich?«

»Aber ja, natürlich«, versichert Irene, »Frau Wessels, mit dem Händchen fürs Material. Vielen Dank auch für die Weihnachtsgrüße. Haben mich sehr gefreut.«

»Ich hätte Sie so gerne besucht im ... Aber Sie wollten ja niemanden sehen.«

»Trotzdem danke. Sehr aufmerksam«, antwortet Irene.

»Mittlerweile bin ich stellvertretende Abteilungsleiterin, dank Ihnen. Also, ich meine, nicht weil Sie dann nicht mehr da waren, also ... Pardon, ich wollte nicht doof klingen.«

»Schon gut.«

»Sondern, weil ich bei Ihnen echt was gelernt habe.«

»Danke.« Das Kompliment ist Irene unangenehm. »Dass Sie Ihren Weg gehen, Frau Wessels, war klar. Aber wen hat man Ihnen denn vor die Nase gesetzt?«

»Eine von außen.«

»Ach wirklich? Woher denn?«, fragt Irene.

»Vom Karstadt am Hermannplatz.«

»Ach Gottchen!«

»Von der Damenoberbekleidung.«

»Auch das noch.«

»Die hatten Beförderungsstopp und wollten niemanden mehr auf eine leitende Position hieven, also haben sie zwischen den Häusern hin- und hergeschoben.«

»Chef-Karussell. Das kennt man ja.«

Jana Wessels greift nach Irenes Hand: »Kommen Sie zurück zu uns?«

»Leider nein. Das KaDeWe hat strikte Personalbestimmungen.«

Jana Wessels nickt. »Wir vermissen Sie sehr.«

Erst jetzt fällt Irene die Traube von Verkäuferinnen auf, die sich hinter der Sammelkasse rumdrückt. Jana Wessels winkt ihnen zu, und schon kommen sie angeschwärmt und umringen Irene.

Bea lässt sich zurück in den Sessel fallen. Da zahlt sie doch gerne eine Runde Parkticket extra. So viel Aufmerksamkeit ist überhaupt nicht Irenes Ding, das weiß Bea, aber eingreifen kommt gar nicht in die Tüte.

Alles an Irene ist dezent, Wesen und Auftreten zurückhaltend, nichts drängt nach vorne. Ganz anders als Bea. Sie selbst mag es bunt und funkelnd. Strasssteinchen und Nieten auf Jeans und Gürtel, bunte Schals mit Lurex oder kreischendem Farbverlauf, Volantröcke, Plüsch, Samt, alles Flauschige und farbige Strumpfhosen, bloß nicht schwarz und gerne gemustert. Die machen ihr gute Laune und sind ihr Markenzeichen. Ich versuche selbst auf Schwarzweißfotos bunt zu sein – lautet ihr Motto.

Beas Freundinnen in der Schule haben immer gesagt: Keine ist so lustig wie du! Sie war ein Quell ewiger Fröhlichkeit.

Irgendwo unterwegs ist dieser Quell wohl versiegt, durchzuckt es Bea, denn mittlerweile erinnert sich an sie überhaupt niemand mehr.

Als sie nach ihrer Zeit im Knast bei ihren ehemaligen Kolleginnen aufschlug, haben die Bea kaum beachtet. Niemand gab sich Mühe, genauer nachzufragen oder Hilfe anzubieten. Dabei hatte Bea ja überhaupt nichts verbrochen, sondern war selbst verarscht worden. Nun wurde sie gemieden, als wäre ihr Niedergang ansteckend. Bei Irene hingegen, die a) gar keinen Wert darauf legt, im Mittelpunkt zu stehen, und b) tatsächlich jemanden über'n Haufen gefahren hat, drängeln sich alle.

Bea hört nur Gesprächsfetzen des aufgeregten Geschnatters: »Stellen Sie sich vor, Sabine hat Zwillinge.«

»Und die Wanda hat wieder geheiratet, den Bernd aus der Glasabteilung.«

»Rosi ist geflogen, die hat geklaut, hatte ja schon immer einen Hang zum Kriminellen, oh, Entschuldigung ... na ja, und Vali ist mit ihrem Mann nach Brasilien. Gott, wie die Zeit vergeht ...«

»Gibt's denn Frau Remlinger noch?«, erkundigt sich Irene.

»Die Alte mit den Wasserbeinen?«

»Ja, die sich immer in der Umkleide versteckte, um die Füße hochzulegen.«

»Schon längst nicht mehr. Für die war der Job mit elf Stunden Stehen ja echt Folter. Der haben sie 'ne Abfindung gezahlt, um sie endlich in Frührente abzuschieben. Hat Rotz und Wasser geheult, weil sie sich den Alltag ohne KaDeWe nicht vorstellen konnte. Ab und an kommt sie noch vorbei und steht dann ganz verloren bei der Nachtwäsche.«

»Die Arme, die gehörte doch zum Inventar.«

Frau Wessels nickt.

»Ich bin erstaunt«, sagt Irene, »Feinripp gibt's nicht mehr?«

»Wir müssen auf die Erfordernisse der Zeit reagieren – Ihre Worte, Frau Majowski.«

Irene lächelt. »Feinrippliebhaber sind wahre Connaisseurs.«

»Aber Feinripp ist vorbei.«

»In der sechsten Etage servieren sie wieder Filterkaffee!«

Eine der Verkäuferinnen stellt sich direkt neben Irene. »Hallo, Frau Majowski, wissen Sie noch, wer ich bin?«

»Franziska Radisch, das Energiebündel!«

»Die Zappeline.«

»Hab ich Sie so genannt?«

»Ständig. Ja.«

»Ich war wohl furchtbar streng.«

»Und wie. Aber Angst hatte ich nie vor Ihnen, Frau Majowski, und ich bin so froh, dass Sie mich in die Miederwaren geholt haben, als die Sportabteilung dichtgemacht hat. Erst dachte ich, auweia, das ist was für Omas, da bin ich doch völlig falsch. Aber dann haben Sie gesagt: ›Der Tag beginnt und endet mit der Wäsche. Sie streichelt dein Intimstes und schwupps auch deine Seele. Aber wenn's scheuert, ist der Tag gelaufen!‹«

Die Mitarbeiterinnen lachen, und Franziska Radisch zitiert weiter: »Dessous sind Verführung und Unterbau in einem. Ohne tragendes Gerüst keine Kathedrale. Ohne Schale kein Ei. Ohne Stützkreuz kein IVAR-Regal. Wenn die Basis nicht stimmt, kannste auch mit Deko nichts mehr reißen. ›Innen pfui, außen hui‹ funktioniert nie.« Und die Verkäuferinnen fallen mit ein: »Nie!«

Immer mehr Kolleginnen strömen herbei, kein Getuschel, keine üble Nachrede, keine versteckten Anspielungen.

Bea sitzt aufrecht im Sessel und genießt das Spektakel, beinahe so ergriffen wie beim *Titanic*-Gucken, ihrem Lieblingsfilm. Weder Ertrinkende noch Eisberge, aber sie beobachtet etwas, was sie zuvor an ihrer Freundin noch nie gesehen hat: Rührung.

»Kommen Sie uns wieder besuchen?«, fragt Jana Wessels.

»Ich weiß nicht«, weicht Irene aus.

»Hier sind alle meine Kontakte drauf«, Jana Wessels reicht Irene ihre Visitenkarte, »falls Sie mal Unterstützung brauchen.«

4

Jetzt wird's konkret.

Irenes und Beas Zehn-Punkte-Plan:

§ 1 Egal was passiert, wir bleiben Freundinnen!
§ 2 Komplett gleichberechtigte Partnerschaft. 50/50. Bea = Akquise, Irene = Umsetzung.
§ 3 Kohle machen. Unabhängig sein.
§ 4 Auf keinen Fall zurück in' Knast.
§ 5 Nie mehr die Gearschten sein.
§ 6 Nur Aufträge von Frauen!! Und zwar nur von solchen, die grundsätzlich sympathisch sind und ein plausibles Anschlagsanliegen haben.
§ 7 Ziel unserer Aktionen sind ausschließlich Männer.
§ 8 Unsere Firma operiert auf der privatwirtschaftlichen Ebene. Wir sind und bleiben ein Kleinbetrieb und lassen uns von keinem Konzern schlucken.
§ 9 Lankwitz ist und bleibt unser Aktionsradius.
§ 10 Absolutes Stillschweigen gegenüber Dritten.

Irene sitzt in der Küche von Beas Lankwitzer Einraumbutze und haut in die Tasten des Laptops. Nicht mehr das jüngste Modell, aber für einfache Word-

Dokumente reicht's. Sie scrollt zum Anfang der Datei, zentriert den Cursor, tippt auf *Gearschten* und ersetzt es durch *Loser.*

Bea serviert geachtelte Äpfel und füllt die Gläser mit Brennnesseltee.

»Es ist gut, dich hierzuhaben.« Bea zieht das Klappbett aus und streicht das Laken glatt. Sie hat für Irene verschiedene Willkommenskarten vorbereitet, selbstgemacht und handgeschrieben. Als Gutenachtgruß. Für aufs Kopfkissen. Irene soll sich ja wohlfühlen. Jetzt wägt Bea die Karten gegeneinander ab: *Manchmal muss man auch die Häppchen essen, wo die Wurst nach oben gerollt und der Käse schwitzig ist.*

Sie überlegt kurz, dann tauscht sie das Kärtchen mit der Tagesweisheit doch noch mal aus und legt stattdessen ein anderes auf das Kissen des Gästebettes:

*I'm still standing. Yeah Yeah Yeah!**

Darunter notiert sie die Übersetzung *Mich gibt's noch* und umkringelt das *Yeah Yeah Yeah.***

Darauf liegt die Betonung. Auf dem *Yeah Yeah Yeah.****

Der schwitzige Käse hätte die falsche Message gesendet. Auch wenn Beas erster Impuls war hinzuzufügen: *Das nächste Mal gibt's bestimmt wieder Häppchen mit Gürkchen.* Aber Häppchen, Gürkchen, alles

---

* ©John, Elton. Taupin, Bernie. *I'm still standing.* HST Publishing LTD 1983.

** ebd.

*** ebd.

mit -*chen* hintendran ist ohnehin nicht Irenes Sache. »Das Leben ist keine Verniedlichungsform«, findet sie, »sondern ein Ausrufezeichen!«

Bea verziert das Kärtchen noch mit einem Herzchen. Jetzt ist sie zufrieden.

Sieht gut aus. Neben dem Kärtchen platziert Bea eins ihrer Häkelschweinchen. Ein Hobby. Am besten flutscht es beim Fernsehen, besonders bei Krimis. Da schafft sie vier pro Abend.

Beas Häkelschweinchen kennt Irene schon. Hat sie schließlich auch im Knast gebastelt. Allerdings heimlich. Irene meinte, Häkelschweinchen könnten an die Knastschwestern ein falsches Signal senden.

Auch die Hälfte ihres Schrankes hat Bea für Irene freigeräumt, ein Regalfach im Badezimmer und noch einen Bügel an der Garderobe, gleich neben der Allwetterjacke von Herbert. Die hat er vor zwei Wochen hier hängen lassen. Ganz untypisch für ihn. Seinen »kleinen Sekretär« nennt er die olle Jacke, wegen der vielen Taschen und Geheimfächer.

Bea hat Herbert auf Intensiv kennengelernt, vor drei Jahren. Nachdem sie ihr Steuer-Ex, die Drecksau, aus dem Bett getreten hatte. Herbert lag im Vorbereitungsraum neben ihr. Nicht direkt daneben. Zwischen ihnen röchelte noch ein dreifacher Bypass. Aber der war schon voll mit Drogen. Also konnten sie über den Komatösen hinweg miteinander kontakten. Bea war vorher noch nie im Krankenhaus gewesen. Eine gemischte Intensiv. Sie war überrascht. Männer und Frauen nebeneinander. Wie nach der Geburt. Auf der Säuglingsstation. Mädchen neben Jungs.

»Auch Hüfte?«, fragte Herbert, und Bea: »Ja!«, obwohl sie's ja an der Schulter hatte und die Frage auch ein wenig despektierlich fand. Hüfte hatten doch nur die Alten. Warum sie log? Vielleicht, weil sie keine Auskunft zum Grund ihrer kaputten Schulter geben wollte, vielleicht weil ihr die Idee gefiel, was Verbindendes mit Herbert zu haben.

»Mit der neuen Hüfte soll man ja wieder Gas geben können wie ein 40-Jähriger«, lachte Herbert und wollte wissen: »Wo machen Sie denn Reha?«

»Bad Sassendorf«, auch das war gelogen. Reha gab's für Bea nicht. *Gehen Sie direkt ins Gefängnis, gehen Sie nicht über Los. Ziehen Sie nicht 2000 Euro ein.**

Direktemang in' Knast war die Devise. Aber das war als Antwort wenig sexy.

»Ach, wie schade«, sagte Herbert, »ich Bad Mergentheim! Hätten wir das mal eher gewusst.«

Herbert gefiel ihr – und Bea, nie um einen Flirt verlegen, lächelte: »Sie wissen schon, wir beide, hier, an diesem Ort, das ist ein Zeichen. Die stempeln uns identische Barcodes auf die neuen Knochen. Gleicher Ort, gleiche Zeit, bei mir nur mit ›w‹ davor.«

»Ein ›w‹?«

»Für weiblich. Ansonsten alles gleich. Herstellungsnummer, Datum, Uhrzeit. Vermutlich sogar die Größe.«

»Das ist magisch«, sagte Herbert, und Bea drehte

* © *Monopoly*. Hasbro Deutschland GmbH 2017.

sich trotz der Schmerzen in der Schulter noch weiter zu ihm rüber: »Ja. Das ist es. Viel Glück!« Und die Lippen formte sie zu einem Kuss.

Kurz nachdem Bea aus dem Knast entlassen wurde, vor neun Monaten, lief ihr Herbert am Zeitungskiosk übern Weg: »Erinnern Sie sich? Ich bin's, der Herbert mit der neuen Hüfte!«, und schenkte ihr seine ganze Aufmerksamkeit. Seitdem trafen sie sich regelmäßig. Herbert fühlte sich an wie Neustart und Zukunft. Plötzlich tat mal jemand was Gutes für Bea. Und seine Hüfte hielt, was er versprochen hatte. Herbert gab Gas. Wie ein 40-Jähriger! Ein sanfter Teletubby mit kräftigen Handgelenken. Und er hatte für sie gekämpft, wie nie zuvor jemand für Bea gekämpft hatte. Den ersten Spargel der Saison erstritten, im Kuchenladen an der Kantstraße eine Torte in Titanic-Form geordert. Und er machte ihr bei jeder Gelegenheit Komplimente. »Bea, mein Augenstern, du bist 'ne Wucht!«

Ein Meister der kleinen Aufmerksamkeiten. Alle möglichen Accessoires, die es sonst nur in einfarbig gibt, fand er für Bea in bunt oder gemustert. »Meine Kleene, ick will doch, dass du glücklich bist.«

Auf Herbert ist Verlass.

Bea hat Irene noch nichts von Herbert erzählt. Sie fürchtet ihren Unmut. Denn Irene denkt bestimmt, dass sich Bea wieder von irgend so einem Heiopei einwickeln lässt. Ein bisschen eifersüchtig wäre sie vermutlich auch. Und Herberts Allwetterjacke träfe überhaupt nicht Irenes Geschmack. Sie würde sagen: ›Gehste jetzt angeln?‹ Irene hat Stil. Und was sie überhaupt nicht mag, sind Allwetterjacken. Landauf, landab trage jeder Deutsche Allwetterjacke. Wäre Bea gar nicht aufgefallen, aber Irene hatte sie darauf aufmerksam gemacht, als es im Knast-Kino mal wieder *Titanic* gab. Alle drei Monate gab es *Titanic*. Wurde regelmäßig auf Platz 1 der Wunschliste gewählt. Auf *Titanic* konnten sich alle einigen. Beliebt waren auch das *Dschungelbuch, Bridget Jones* und *Fight Club,* wobei bei letzterem Film Bea lieber auf der Zelle blieb, trotz der halbnackten Jungs und Brad Pitt. Aber da hatte sie Sorge, dass die Stimmung kippte. Nicht so bei *Titanic,* da war es mucksmäuschenstill, wenn die Passagiere der dritten Klasse hinter der Gittertür absoffen und die sonst so stille Irene in Verzückung geriet, wie elegant doch um 1900 alle waren, »heute rennen alle in Allwetterjacken rum«, flüsterte sie Bea während der Vorführung zu, »Hauptsache praktisch. Es gibt nichts Stilloseres als Allwetterjacken. Furchtbar. Formlose Ungeheuer, ob von Tchibo oder Bogner. Macht keinen Unterschied. Das ist doch ein Witz, Allwetterjacke, Multifunktions-Shirt, Sneakers und Rucksack, dieses ganze Outdoor-Zeugs, damit fahren die zehn Minuten zum Edeka an der Ecke und sind ausgestattet, als wenn sie auf dem Weg ins Survivalcamp wären. Ich hasse Allwetterjacken.«

Bea kennt *Titanic* auswendig und kann alle Dialoge mitsprechen. Mindestens 20-mal hat Bea den Film gesehen. Gleich als er rauskam. In verschiedenen Kinos, überall in der Stadt, im Westen und im Osten. Und jedes Mal, wenn am Ende die greise Rose den Saphir aus dem Mantel zieht und ins Meer wirft, hat der Saal im

Westen vor Verzückung geseufzt, der im Osten vor Entsetzen geschrien: »Ist die bescheuert, die Alte?«

Bea sagt: »Wenn du die Gräben zwischen Ost und West verstehen willst, musst du in *Titanic* gehen!«

Irene findet *Titanic* vollkommen unglaubwürdig und hat wenig Empathie mit den Hauptfiguren. »Erst zieht diese Upperclass-Tante ihn nicht mit aufs schwimmende Brett, dann lässt sie ihn im Eismeer versinken, und am Ende schmeißt sie ihm noch den Klunker hinterher. Wem will man damit ein Beispiel geben? Und überhaupt, da wird man doch eher dreimal vom Krebs geheilt, als dass man in der Jackentasche solch einen Klunker findet.«

Herbert dagegen liebt Beas *Titanic*-Story.

»So wie du aussiehst, gehst du glatt als Passagier der Titanic durch«, schmeichelte ihm Bea.

»Weil ich so alt bin?«

»Ha, nein. Wegen deiner eleganten Erscheinung, Herbert. Nicht alt, sondern ein Mann der alten Schule. So ein bisschen Hans Jörg Felmy. Nicht wie in *Und ewig singen die Wälder,* mehr so wie später im *Tatort.*«

Beas Herbert riecht nach Aqua di Selva, raucht unablässig Roth-Händle, steht auf Cola Light und auf seine Allwetterjacke. Doch jetzt hängt die bei Bea am Haken, und wer nicht da ist, ist Herbert. Wäre nicht der erste Typ in Beas Leben, der sich davonstiehlt. Aber das sähe dem Herbert gar nicht ähnlich. Und ohne seine Jacke ist der Herbert nicht der Herbert.

Als er sich nach drei Tagen immer noch nicht zurückgemeldet hatte, bekam Bea am ganzen Körper rote Quaddeln, die erst wieder verschwanden, als Irene einzog.

Ich muss an etwas Erfreulicheres denken, ermahnt sich Bea.

Sie ruft seine Nummer auf, nur eine klitzekleine Message, ein küssendes Emoji, und klickt auf Senden. Der kommt schon wieder, und alles wird gut.

Bea streicht über Herberts Allwetterjacke und summt Elton John.

*Yeah Yeah Yeah.**

---

* ©John, Elton. Taupin, Bernie. *I'm still standing.* HST Publishing LTD 1983.

5

Es waren einmal zwei Pechmaries fortgeschrittenen Alters. Die kamen direkt aus dem Knast. Davon haben sie genug und beschließen, das Leben solle fortan besser werden.

Irene hebt den Blick vom Bildschirm des Laptops: »So in etwa könnte der Beginn unser Firmengeschichte lauten!« Sie greift nach den Apfelstücken und liest weiter:

Schon bald entdecken die Pechmaries an sich außergewöhnliche Fähigkeiten und fragen sich, wie sie diese gewinnorientiert an den Mann bringen können.

»An die Frau!«, unterbricht Bea.

»Richtig.« Irene schiebt den Curser auf ›Mann‹ und drückt ›Delete‹.

»Aber genau das ist ja der Punkt!« Bea zieht ihren Stuhl neben Irenes. »Wir können ja schlecht Flyer verteilen oder wie die Zeugen Jehovas ein Schild hochhalten: ›Erwachet! Wir fahren den Quell eures Elends über'n Haufen‹.«

Irene nickt: »Sich vor'n Supermarkt stellen und Hausfrauen anquatschen geht auch nicht.«

»Außerdem ist Hausmutti nicht gleich Hausmutti.«

»Deshalb habe ich unsere Gedanken ein wenig geordnet, damit wir vorankommen.« Irene scrollt hoch zum Anfang der Liste. »Wir müssen das Ganze analytisch angehen«, sie dreht den Laptop zu Bea und zeigt auf die markierten Textstellen, »das heißt, unsere Produktpalette definieren. Was genau bieten wir an?«

Irene weiß aus ihrer Zeit im KaDeWe, dass ein klar umrissenes Angebot Kunden anzieht. »Was bedeutet das für uns?«, fragt sie und liefert die Antwort gleich mit: »Je nach Problemlage bieten wir individuell zugeschnittene Lebensanstöße.«

»Der eine kriegt 'nen Stoß, der andere was für's Leben!«, lacht Bea.

»Aber maßgeschneidert. Nicht vergessen, wir sind Dienstleister!«

»Gute Feen.«

»Dienstleister.«

»Wie wäre Dienstleister aus der Wellnessbranche?«

»Meinetwegen.«

»›Dienstleister aus der Wellnessbranche‹, das gefällt mir«, seufzt Bea, »das klingt nach Glamour.«

»Nächster Punkt: Wen wollen wir ansprechen? Wer verlangt nach unserer Dienstleistung?«

Bea zuckt mit den Schultern und öffnet den Kühlschrank. »Weiß oder rot?«

»Weiß.«

Bea zieht den Korken aus der Flasche und schenkt jeder von ihnen ein großes Glas ein.

»Die Zielgruppe ist weiblich«, hält Irene fest, »vermutlich mittelalt, kinderlos, oder die Kinder sind aus dem Haus, auf jeden Fall leidend wegen irgendeiner männlichen Verarsche. So viel ist klar. Wichtiger ist:

Wie kriegen wir die potentiellen Kundinnen dazu, uns einen Auftrag zu erteilen?« Irene läuft mit ihrem Wein durch die schmale Küche raus in den Flur. Hier stehen noch ihre Koffer, sie hat nicht viel. Bevor sie im Knast eincheckte, hatte sie ihr altes Leben verscherbelt. Zwei Koffer mit Klamotten sind ihr geblieben. Sonst nichts. Sie wollte sich von allem Ballast trennen. Neu anfangen. Woanders, wo auch immer. Allein, weit ist sie nicht gekommen. Keine acht Kilometer Luftlinie vom Knast entfernt und prompt wieder da, wohin sie keinesfalls zurückwollte. Lankwitz.

An der Garderobe hängt Herberts Allwetterjacke. Irene stutzt. Allwetterjacke? Die war ihr vorher gar nicht aufgefallen. Passt gar nicht zu Bea. Aber die Allwetterjacke bringt Irene auf den nächsten Punkt: Outfit!

Irenes Arbeitslook ist schnell entschieden. Dezent und bequem. Wichtig ist, nirgendwo aufzufallen! Sie entscheiden sich für Modell *Wilmersdorfer Witwe minus 20 Jahre,* Jerseyhose, Strickjacke, praktische Kurzhaarschnitt-Perücke und Kassengestell, changierend zwischen Hellgelb, Grau und Beige, alles möglichst blass, nichts, was irgendjemandem in Erinnerung bleiben und als Täterbeschreibung dienen könnte, weil siebzig Prozent aller Lankwitzerinnen über fünfzig genauso aussehen.

Irene ist bereits angemeldet zum Offroad- und Schleudertraining beim ADAC, man muss in Fortbildung investieren. Dort soll auch ihr Look dem Praxistest unterzogen werden, ob Perücke und Brille ihr Sichtfeld gegebenenfalls einengen.

Die Wahl von Beas Arbeitskleidung ist diffiziler.

»Du hast den Kundenkontakt.« Irene setzt sich wieder neben Bea: »Mit dir verbindet man den Auftrag, Bea. Dein Arbeitsoutfit muss Zuverlässigkeit und Tatkraft vermitteln. Dafür müssen wir dich natürlich umstylen.«

»Umstylen?«, erschrickt Bea. »Wieso? So wie ich bin, fühle ich mich am sichersten. Und ich soll doch Sicherheit ausstrahlen, oder?«

»Ja, aber du bist das Gesicht der Firma, du willst doch Seriosität verkaufen. Und dich als Person soll ja niemand erkennen. Deshalb: kein Leopard, keine Klapperohrringe, keine bunten Leggins. Schließlich sollen unsere Auftraggeberinnen ihr heikelstes Problem vertrauensvoll in deine Hände legen.«

Um es anschaulicher zu machen, klickt Irene am Laptop drei verschiedene Beispielbilder für mögliche Arbeitsoutfits an:

A. Die Merkel-Kombi: schlichte Hose, bunter Blazer mit drei Knöpfen.
B. Das Alles-in-Marineblau-Outfit.
C. Typ Freundliche-Wurstverkäuferin-von-der-man-sich-gerne-den-Aufschnitt-abwiegen-lässt-ohne-Kittel.

Dazu werden vier unterschiedliche Frisuren diskutiert, die Irene aus Zeitschriften ausgeschnitten hat.

Nicht aus der *Vogue*, sondern aus der *Tina*, logisch, weil: Lankwitz.

A. Bob mit Haare hinter die Ohren (Zuverlässigkeit).
B. Kurzhaarschnitt mit Haubensträhnen und hinten den Oberkopf betont (Tatkraft).
C. Modell Kiezschlampe, nicht zu nuttig, aber auf jeden Fall mit Pony und Extensions (heißt: ich hab die richtigen Kontakte im Milieu).
D. Farbendröhnung von Drospa, Modell Double-Couleur, unten die eine, darüber die andere Farbe, mit Trennlinie rund um den Kopf, Nordhalbkugel, Südhalbkugel, besonders beliebt: zweierlei Rot.

Letzteres wird gleich wieder von der Liste gestrichen. »Das ist Britz«, meckert Bea, »das zieht in Lankwitz überhaupt nicht.«

Und so entscheiden sich Irene und Bea für die Kombi: C/B. Alternativ ginge auch: A/B.

Nächster Punkt: Gesprächseröffnung.

Wie kommt man mit potentiellen Kundinnen ins Gespräch?

Da gibt es verschiedene Möglichkeiten:

»Ich traue es mich fast nicht zu sagen, aber seit mein Exmann vor die Straßenbahn gelaufen ist, geht es mir viel besser. Können Sie sich das vorstellen?«

Oder: »Meinen Sie, dass das Unglück einer Person das Glück einer anderen befördern kann?«

Oder: »Wie ist das bei Ihnen? Gibt es jemanden, dem Sie Unheil an den Hals wünschen?«

Zuletzt werden die Pros und Cons möglicher Akquirierungsorte abgewogen:

- Raucherecke vor'm Yogastudio: Gut! Denn wenn eine nach dem Savasana noch rauchen muss, um runterzukommen, ist es nicht weit her mit dem Om.
- Scheidungsgericht: Logisch.
- Bio-Supermarkt mit integriertem Öko-Bäcker für die direkte Fortsetzung des Pick-up-Gespräches bei einem Fair-Trade-Kaffee. Ökos haben doch immer Wut in sich. Das kommt von dem ganzen Grünzeug und der Säure im Bauch. Schlechte Laune durch falsche Ernährung.
- Arbeitsamt: Zwiespältig. Pro: Da haben die Leute schlechte Laune und geben irgendeinem die Schuld an ihrem Elend. Contra: Keine Kohle.
- Gabis Currywurstbude: Gabi steht auf verschiedenen Märkten im Süden Berlins, Vorteil: Wenn keiner kommt, lecker Currywurst.
- Eierschale in Dahlem. Beliebtes Abschlepplokal. Pro: Wenn da eine nach 23 Uhr noch alleine rumsitzt, dann gibt's was zu holen. Contra: Die sind so hackedicht, die denken am nächsten Tag, sie hätten das alles geträumt.
- Baumarkt und Blumencenter: Wird gleich wieder gestrichen, denn die Frauen, die hierherkommen, die haben was vor, die haben einen Plan, die schrauben, malern oder buddeln. Die sind nicht verzweifelt genug.
- Warteraum Dr. Schnaller: Eine auf Verdauung und Magen-Darm-Probleme spezialisierte Gemeinschaftspraxis, Nähe Lankwitz Kirche.

»Magen-Darm-Ärzte?«, fragt Irene.

»Klar!«, antwortet Bea. »Das sind so Anal-Gurus, da gehste hin, wenn du die Scheißerei hast oder gar nichts mehr geht und du nicht weißt, warum.« Alles mit Krankheiten ist Beas Lieblingsthema, sie ist eine wandelnde Apothekenumschau. »Also wenn zwar nach großer Hafenrundfahrt und auf dem Papier alles in Ordnung ist, aber die Scheißerei trotzdem kein Ende nimmt. Echtes Problem. Und keiner spricht drüber. Migräne, Rücken, alles schlimm, aber Darm ist wirklich scheiße. Und da gibt's diese Spezialisten. Gastroenterologen. Kannste auch hin mit 'nem Schnupfen, hängt ja manchmal zusammen, Allergie und Darm, aber deren Spezialität ist die Scheißerei. Die dozieren dir was vor von Bioresonanzverfahren, Probiotikatherapie, Stuhl- und Darmflora-Analyse, pH-Werten und so 'nem Quatsch. Und dafür zahlste privat, auch wenn du Kasse bist. Und am Ende heißt es trotzdem, dass die Scheißerei psychosomatisch ist, und das wiederum heißt nichts anders, als dass dein Wichser zu Hause schuld ist. Dem haste den flotten Otto zu verdanken. Egal, ob's stimmt oder nicht, deren Diagnose lautet immer: psychosomatisch. Und da kommen wir ins Spiel! Wenn jemand so verzweifelt ist, Geld für doofe Ratschläge abzudrücken, dann erst recht für handfeste Action!«

Bea lehnt sich zufrieden zurück und zündet sich eine Zigarette an.

Irene öffnet das Fenster. Es nieselt, gleichmäßig, fein und sehr herbstlich.

Der Feierabendverkehr an der roten Ampel kommt zum Stehen. Der müde Geräuschteppich aus Motorenbrummen und Regen zwingt Irene seinen bräsigen Rhythmus auf und katapultiert sie zurück in die ihr vertraute Welt, als sei sie in einer Zeitschlaufe hängengeblieben. Ihr alter Soundtrack.

Betrachtet man Lankwitz vom sechsten Stock aus, ist es trotz Regen erstaunlich schön. Grün und weitläufig.

Irene schließt die Augen, spannt die Muskeln an und lauscht. Erinnerungen sausen wie im Zeitraffer durch ihren Kopf. Alte Gewohnheiten, Rituale, vertraute Orte ...

Lankwitz hatte Irene nie die Luft zum Atmen genommen. Sie mochte ihren Kiez, schätzte Routine und Gewohnheiten und blickte stets mit Zuversicht und Vertrauen in die Zukunft. Bis sich durch ihr Ehe-Fiasko die Koordinaten verschoben und ihre Selbstwahrnehmung eine andere wurde.

Lebenshilfe-Ratgeber, Frauenzeitschriften und die ewig gleichen Herz-Schmerz-Filmchen sind sich einig: Mit Anfang vierzig musst du die Welt umsegeln, eine Band gründen oder einen Afrikaner bumsen – und peng, lösen sich alle Probleme von selbst.

Aber in der Realität?

Da haste den Salat. Für eine Weltumseglung fehlen Zeit und Geld, musikalisch begabt sind die wenigsten, und einen Afrikaner hatte Irene schon mit zwanzig gebumst – und das hatte auch nicht zur Erleuchtung geführt.

Nichtsdestotrotz, einen wahren Kern haben diese ganzen Schmonzetten tatsächlich: Steckste in der Scheiße, musste dich bewegen. Und so hat sich Irene ins Auto gesetzt.

Im Knast hat sie sich gefragt: Warum bin ich so genügsam? Sie war doch durchaus zu konsequentem Handeln fähig. Wie sie bewiesen hatte. Warum nur lief sie sonst mit angezogener Handbremse durchs Leben? Im Beruf war sie ja alles andere als unambitioniert, Dessous waren ihre Passion, aber sonst hatte sie sich nie weit aus dem Fenster gelehnt.

War das Sicherheitsdenken oder Antriebslosigkeit? Irene wusste es nicht. Und Lankwitz konnte sie ja schlecht dafür verantwortlich machen, dass sie, nun ja, so lankwitzerisch war.

Hinter Gittern war der Rhythmus auch kein anderer als der in Lankwitz. Keiner tanzt aus der Reihe, niemand stellt etwas in Frage, wie die Terrakotta-Armee des chinesischen Kaisers, ein Heer von Lankwitzern, alle in Reih und Glied und seit Jahrhunderten begraben.

Irene schaudert bei dem Gedanken: Chinesisch, begraben und aus der Vorzeit.

Die Ampel springt auf Grün, und die Autos fahren wieder an.

Der Regen wird stärker. Hinter dem Kraftwerk zucken erste Blitze.

Energisch schließt sie das Fenster.

Bea ist eingenickt. Für einen Moment ist es still in der Küche. Nur der Kühlschrank surrt.

Ein prüfender Blick auf den Zehn-Punkte-Plan. Ja, das hat Zukunft.

Irene speichert das Dokument und fährt den Laptop runter. Der theoretische Teil ist erfüllt. Bereit für die Praxis.

6

Beas Feuerprobe ist die Ladies Night bei Karstadt an der Schlossstraße. Eine bessere Plattform gibt's nicht. Frauen in Feierlaune, weil Männer nicht mitmachen dürfen.

Passend zum Filmstart von *Fifty Shades of Grey* 2 heißt das Motto:

›Manchmal, aber nur manchmal haben Frauen ein kleines bisschen Haue gern!‹*

Jetzt wird's bunt.

Auf dem Programm: Gewinn- und Rabattaktionen, Stilberatung, Cocktail- und Proseccobar und pro gekaufter Dessous-Kombi in Schwarz gibt's ein Höschen gratis dazu. Die Süßwarenabteilung offeriert Mini-Peitschen aus Lakritze, im Erdgeschoss kann man sich in der Parfümerie am Themen-Counter in den Trendfarben der ›Sweet Pain Collection‹ für umsonst schminken lassen, und knackige Herrenwäsche-Models zeigen Latex-Trends der Saison. Das Kaufhaus quillt über. Beste Freundinnen, Töchter mit ihren

---

* © Die Ärzte/Felsenheimer, Dirk. *Manchmal haben Frauen.* PMS Musikverlag GmbH 2000

Müttern, Schülerinnen, Arbeitskolleginnen und Trainingspartnerinnen vom Sportstudio oben drüber. Von dreizehn bis siebenundachtzig ist alles dabei. Selbst die Verkäuferinnen haben Spaß, weil die Stimmung der Kundinnen besser ist als sonst. Niemand meckert, keiner zickt, das Portemonnaie sitzt locker, und das Beste: Nirgends nörgelnde Männer, die das Geschäft versauen. Stapelweise werden Klamotten in die Kabinen geschleppt, um sie der Freundin vorzuführen. Die sechsköpfige Frauenband covert Titel ausschließlich weiblicher Interpretinnen von Madonna über Sade bis Beyoncé. Ausnahme: Die Ärzte, deren mottostiftender Song alle zehn Minuten wiederholt wird. Zur Freude aller, die die Schlussverse mitgrölen: »Immer, ja wirklich immer, haben Typen wie du was auf die Fresse verdient!«*

Bea gefällt das heitere Gewusel. Das hätte sie nicht erwartet, richtig ausgelassen ist es. Und sie bedauert, nicht zusammen mit Irene hier zu sein. Gemeinsam ›Freundinnen-Time‹ zu verbringen. Das hat ihr gerade so ein bulimisches Elfen-Mädchen ins Ohr gebrüllt: »Freundinnen-Time!« Wie schade. Jetzt hat sie endlich eine beste Freundin und steht doch alleine hier.

Bea geht auf einen Kellner zu, der Prosecco anbietet und denkt an ihren Steuer-Ex, die Drecksau, der jetzt mit kaputter Schulter in Reha ist. Schuldgefühle prasseln auf sie ein wie die Hiebe einer Kickboxerin.

---

* © Die Ärzte/Felsenheimer, Dirk. *Manchmal haben Frauen.* PMS Musikverlag GmbH 2000

Ach was, seine Reha ist am Bodensee. Also bitte! Bea war noch nie am Bodensee.

Manchmal vermisst sie die Drecksau sogar. Das ist so ein ewiges Hin und Her. Total blöd, sie weiß. Wenn's nach den Fakten ginge, müsste sie die Drecksau ausnahmslos verabscheuen, aber schöne Erinnerungen an die Drecksau poppen immer wieder auf wie ungelesene Nachrichten auf WhatsApp. Oh Gott, ist sie womöglich sadomaso? Wie die Tante in *Fifty Shades of Grey*?

Die Vorstellung mit dem Hin und Her zwischen Qual und Sehnsucht gefällt Bea. Wieso eigentlich nicht? Gerne würde sie mit einem Fingerschnippen entscheiden können, ob die Drecksau hier und jetzt vor ihr um Verzeihung winselt oder mit kaputter Schulter am Bodensee vor Schmerzen aus den Ohren blutet. Nur so als Spiel. On-Off. Auch mal austeilen dürfen. Nur ein wenig. Reinbohren in die lädierte Schulter, schön langsam, mit dem Fingernagel, bis die Drecksau quiekt, dann kurz nachlassen, versöhnlich streicheln, vielleicht ein sanfter Kuss und schließlich mit der Faust gezielt draufhauen und wieder von vorne.

Bea hat Irene nicht verraten, dass sie in der Reha angerufen hat, um sich nach der Drecksau zu erkundigen. Und von Herbert mit der neuen Hüfte hat sie ihr auch noch nicht erzählt.

Herbert vermisst Bea wirklich. Den will sie nicht wieder verlieren. Nie. Herbert ist wie Verjüngungskur und Lottogewinn in einem.

Herbert hat sie richtig verwöhnt. Zu ihrer ersten echten Verabredung ging es ins Vabali Spa Berlin, Nähe Hauptbahnhof. Er hat sie eingeladen! Und nicht zum Normaltarif – der Herbert ist kein Knauseriger –, sondern ganz schnieke: die *Day Spa Suite Romantik* für zwei Stunden à 298 Euro. Davon fahren andere zwei Wochen nach Hurghada.

Vor Herbert ist Bea nichts peinlich. Weder ihre Orangenhaut noch die Füße mit dem Überbein, die sie sonst immer versteckt. Aber in dem schönen Ambiente war ohnehin alles in schmeichelnden Farben, wie mit Weichzeichner. Gedimmtes Licht kaschiert sämtliche Dellen, sogar Pigmentstörungen und Falten. Sonst hilft da ja nur ganz viel Schaum.

Die Spa-Besuche wurden ein wöchentliches Highlight. Aber noch viel schöner waren ihre gemeinsamen Schaufensterbummel am Ku'damm. Bea liebt die Auslagen von Roeckl und Villeroy & Boch. Und ganz besonders von Wempe, dem Traditionsjuwelier. Das Teuerste, was Bea je besessen hat, war die Zuchtperlenkette ihrer Oma. Die hat sie im Knast gegen anständige Schlafmittel getauscht.

So was Preiswertes gibt's bei Wempe gar nicht. Nur echte Südseeperlen. Exquisit in Form und Farbe. Aber das Bezauberndste in der ganzen Auslage ist das ›Herz der Spree‹, findet Bea. Nicht ganz so imposant wie das ›Herz des Ozeans‹ aus *Titanic,* kleiner und platter, aber ein unglaublich intensives Blau an weißgoldener Gliederkette.

»75 000 Euro«, erschrak Bea, »so viel Kohle, damit könnte ich ein komplett neues Leben beginnen.«

»Schmuck ist immer eine gute Geldanlage«, bekräftigte Herbert.

»Diesen Klunker würde ich doch nie wieder hergeben.«

Herbert lachte. »Wenn dir mal jemand so was schenkt, versprich mir, den Stein auf keinen Fall ins Meer zu kippen, sondern unbedingt flüssigzumachen, falls du Kohle brauchst. Versprichst du mir das?«

Und Bea nickte. Widerwillig zwar, aber versprochen ist versprochen, *Titanic* hin oder her.

Und um das Ritual abzurunden, ging's nach Wempe stets zu Curry 198 am Ku'damm. Herbert immer ohne, Bea mit Darm, keine Pommes, nur Brötchen und extra Zwiebeln. Gegessen wurde bei egal welchem Wetter am Stehtisch draußen unterm Schirm, neben dem Showroom von Audi. Herbert guckt gern Autos. So wie Irene. Die hätten sich bestimmt was zu erzählen, schade, dass sich Bea noch nicht getraut hatte, die beiden Menschen, denen sie am meisten vertraute, miteinander bekannt zu machen. Bea muss Irene nun wirklich bald von Herbert erzählen.

Sie gönnt sich noch einen Prosecco, platziert sich an einem Stehtisch in der Nähe der Häppchen und scannt das Umfeld. Strategisch gut gewählte Stelle, denn hungrig sind alle. Kostet ja nichts. Und das Beste ist, Bea muss gar nicht die Initiative ergreifen, sondern wird ganz von selbst angesprochen. Eine angeschickerte Rothaarige schiebt sich auf den Hocker neben Bea und quatscht sie ungefragt voll: »Dieses ganze Folterspielzeug. Inspirierend. Finden Sie nicht?«

Bea nickt.

»Würden Sie sich schlagen lassen? Also ich nicht, da würde ich lieber selbst zuschlagen!«

Steilvorlage! Kurzer Blick auf die Hand der Dame. Ehering am Finger. Alles klar. Und stante pede präsentiert Bea der Rothaarigen ihr Angebot.

Die steigt voll drauf ein: »Toll. Wirklich toll. Wissen Sie, wie viele Frauen zu Gott beten, dass mal jemand so einen Service anbietet?«

Die Rothaarige will alles genau wissen, und Bea gibt bereitwillig Auskunft.

»Das ist so interessant, also wirklich. Ich selbst hab mir fast alles aus der Hand nehmen lassen, bin seit Jahren nur Beifahrerin, dabei bin ich eine hervorragende Autofahrerin, und mein Werner macht mich wahnsinnig, wenn er mit siebenundzwanzig Stundenkilometern auf die grüne Ampel zurollt.«

Bea schenkt ihr ein breites Grinsen.

»Der meint doch tatsächlich, in seinem motzigen Q7 ist er der König der Straße, auch wenn seine Wahrnehmung nur noch in Zeitlupe funktioniert und er den Kopf kaum noch nach rechts oder links drehen kann. Bei dem geht gar nichts mehr. Fing plötzlich an, widerlich flott zu altern. Hat's im Kreuz, und ohne die blaue Pille läuft sowieso nichts. Aber Frauen und Technik, das seien zwei feindliche Universen, deshalb lässt er mich nicht ans Steuer. Nein, wirklich, Sie haben ja so recht, kurz über ihn drüber, und der Spuk hätte ein Ende. Ein tolles Angebot.«

Aber Bea und Irene warten vergebens auf ihren Anruf.

Von der Rothaarigen hören sie erst wieder, als sie in der *BZ* lesen:

> *Berlinerin nagelt Ehemann im Rückwärtsgang an Garagentür.*
> *Die rothaarige Petra L. beteuert ihre Unschuld. Kommentar der Todesfahrerin: »Ups, Automatik kannte ich nicht.«*

Daraus bastelt ein findiger DJ bei Radio Energy den Song *Ups Crash Daddy Boom* und stürmt die Hitparaden.

»Die hat sich selbst hinter's Steuer geklemmt, die blöde Kuh«, flucht Bea, »klaut unsere Idee und stellt sich dann doof.«

»Ich sag' dir, die wird damit durchkommen«, resigniert Irene.

»Und wird Medienstar. Lebenslange Tantiemen für diesen Pistenhit.«

»Wir sind viel zu nett, Bea. Zur Party wackeln, wenn das Buffet abgeräumt ist, bringt nichts. In Zukunft müssen wir uns noch professioneller aufstellen. Die Botschaft muss sein, an uns führt kein Weg vorbei, damit nicht jeder Napfkuchen auf die Idee kommt, es selber zu machen!«

Schließlich spielt ihnen der Medienzirkus doch noch in die Hände. Denn dadurch haben sich die Möglichkeiten ihrer Methode in den Köpfen potentieller Kundinnen festgesetzt.

Das anschauliche Beispiel ist immer das beste.

Irene resümiert: »Wenn sich nun Gewaltdelikte von Frauen an ihren Ehemännern mittels Auto häufen, wird die Polizei bald stutzig. Das sollte jeder Trittbrettfahrerin klar sein. Im Alleingang ist nicht mehr. Und die Mehrheit hat eh Skrupel, selbst zur Tat zu schreiten.«

»Klar, die träumen zwar davon, mal die Lara Croft zu geben, sind aber zu feige, die Hand gegen ihren Macker zu erheben ...«

»... und zu knauserig, ihren schnuckeligen Kleinwagen zur Dampframme aufzupimpen, um die Drecksau plattzuwalzen.«

»Verständlich. Das Bild von deinem an die Wand genagelten Scheißkerl kriegste doch dein Leben nicht mehr aus'm Kopp.«

7

Jetzt wird's ernst.

Klientin Nummer 1 zahlt 1200 Euro. 600 pro zertrümmerter Hand.

»Wenn es so weitergeht, werden wir die Kohle säckeweise nach Hause tragen!«

Den Gewinn investieren Irene und Bea in einen weißen Polo älteren Baujahrs. Gitta, das Faktotum, die 74-jährige Puffmutti, hat den Kontakt hergestellt. Ein Autohändler, der besonderen Damen besondere Rabatte einräumt.

Beas Aygo, die asiatische Nuckelpinne, ist ein zu sensibles Pflänzchen für den täglichen Einsatz. Aber Bea hat es nicht übers Herz gebracht, ihren Ollen in Zahlung zu geben, »meinem kleenen Blechpupser kann ich doch nicht untreu werden. Mein Aygo für die kleinen Besorgungen des Alltags, der Polo für dienstlich.«

»Jetzt sind wir ein Doppelverdienerinnenhaushalt und zweifach motorisiert!«, sagt Irene.

»Das ist ja schon obere Mittelklasse.«

Der weiße Polo ist viel kantiger, schön robust, dezent und anonym, kurz: durchschnittlicher geht nicht. Für die Tarnung reicht schwarzes Klebeband, mit dem Irene das Kennzeichen variiert, viel unkomplizierter als die Nummernschilder jedes Mal zu klauen, »da begehste ja schon 'ne Straftat, bevor's überhaupt losgeht!«. Aus P wird R oder B, aus I wird T, aus L oder F wird E, aus o wird 8.

Klientin Nummer 1, die Schulbuchlektorin, fiel Bea in der Frauensauna im Fitness First auf. Ein perfekter Ort, um künftige Klientinnen zu akquirieren. »Du brauchst die Damen gar nicht anzuschubsen, die klagen von ganz alleine. Die einen über Krankheiten – du glaubst nicht, was du da alles erzählt kriegst –, die Nächsten über die aktuelle Diät und die Dritten über ihre Männer oder Chefs.«

Die Schulbuchlektorin führt ein wohlsortiertes Leben. Montags bis freitags am Schreibtisch, samstags mit der pensionierten Mutti zum Shoppen, Schlossstraße oder B5-Center am Rande von Berlin gleich hinter den alten Russenkasernen, montags am Kinotag mit der Freundin die neueste Romcom im Thalia am Forum Steglitz, mittwochs Nageldesign bei Than, French Manicure, am liebsten so, dass es ganz natürlich wirkt, dienstags und donnerstags Bauch-Beine-Po, anschließend Frauensauna.

Und einmal im Quartal Sex, kein Mitleidsfick, sondern richtig verabredet, mit allem Drum und Dran. Alle drei Monate, wenn der Vertreter für Rheinland-Pfalz und Saarland zur Verlagskonferenz anreist und im Best Western des Steglitzer Kreisels auf dicke Hose macht. »Du geile Stute«, feuert er sie an, dabei ist er selbst total passiv, dieser Germanistikspacken, als schrubbe sie auf einem zusammengerollten Teppich, minimal beweglich, sehr schwerfällig, Geisteswissenschaftler halt, da könnte sie gleich auf einer Leiche hocken – schläft der, oder ist er schon tot? Das nimmt langsam morbide Züge an, denkt die Schulbuchlektorin jedes Mal. Im Fingern ist er ganz okay, seine Hände sind fleischig und knubbelig. Zwar uninspiriert in der Ausführung, aber er bemüht sich, und sie kann für sich verbuchen, nicht zum Heer der Ungefickten zu zählen. Immerhin.

Die Schulbuchlektorin wollte schon immer was mit Literatur machen, jetzt betreut sie als feste Freie Leselernhefte für die Primarstufe, kaum Textarbeit, dafür ordnet sie bunte Bilder auf den Seiten an, mit der Budgetkeule im Nacken, damit es bloß nicht zu teuer wird; jede Illustration kostet.

Da kam ihr die ureigene Idee zu einem neuen Konzept mit Super-Titel: *Das A geht zum B.* Daraus hätte eine Reihe werden können. *Das B geht zum C, Das C geht zum D* und so weiter. Alle aus ihrer Generation kennen das ABC-Lied von Bibo aus der Sesamstraße. Das hat sich ihr auf die Festplatte gebrannt. Genauso sollte sich bei den Kindern jeder Buchstabe in einem extra Heft vorstellen und einzeln einprägen. »Hallo, ich bin das A. Ich kann Auto fahren, Arschbomben machen, abwaschen, albern sein, angeben ...«

Ihr Verlagsleiter war so begeistert von ihrer Idee, dass er sie prompt als seine eigene ausgab und der Schulbuchlektorin zum ›Dank‹ nie wieder einen Auftrag erteilte, um sie aus dem Dunstkreis ›seines‹ Erfolges fernzuhalten.

»Verstehen Sie, dieser Faschist hat mich beraubt und gedemütigt und dann auch noch in den Ruin getrieben. Seitdem krieg ich keinen Auftrag mehr.«

Ein Jahr später wurde *Das A geht zum B* zum Leselernhelfer des Jahres gewählt, das allerdings erfuhr die mittlerweile auftragslose Schulbuchlektorin aus der Presse. Niemand rief sie an, niemand gratulierte ihr, niemand brachte sie auch nur ansatzweise mit dem Erfolg in Verbindung.

»Warum muss das ausgerechnet mir passieren? Ich hab doch immer alles richtig gemacht. Warum zahlt sich das nicht aus? Ich versteh das nicht! Typisch, wenn man nett ist, kriegt man auch noch eins rein. Dieser Ideendieb soll den Preis nie in seinen Händen halten«, flucht sie in der Frauensauna.

Nach der Wasserfalldusche überzeugt Bea die Schulbuchlektorin: »Begreifen Sie uns als eine Art Befreiungskomitee.«

»Wovon wollen Sie mich denn befreien? Ich hab doch nichts mehr.«

»Befreien von Ihrem alten Ich und natürlich von dem Chef, der Sie verarscht. Bei uns liegt der Hauptakzent auf Nachhaltigkeit.«

»Wie ›nachhaltig‹?«

»Nachhaltig im Sinne von bleibendem Nutzen für Sie selbst. Und natürlich auf innerer Genugtuung. Und wenn Sie die einmal erreicht haben, dann starten Sie so richtig durch.«

Das Angebot trifft die Schulbuchlektorin völlig unerwartet, aber nach dem zweiten Saunagang gesteht sie, dass es sehr verlockend klingt, zurückzuschlagen, auch mal auszuteilen, gefährlich zu sein, und zwar so gefährlich, dass es prophylaktisch wirkt und niemand mehr auf die Idee kommt, ihr ein Bein zu stellen.

»Das ist genau die richtige Haltung!« Bea reicht der Schulbuchlektorin die Wasserflasche. Und beim Abdampfen auf dem Dachgarten mit Blick auf den Steglitzer Bierpinsel erklärt Bea, Gerechtigkeit sei schließlich ein weibliches Grundbedürfnis, und solange dies nicht gestillt sei, komme man nicht voran. Dem Bedürfnis nach Bestrafung und Schadenfreude müsse entsprochen werden. Die Kundin bestimme den gewünschten Grad der Schädigung – dabei gehe es weniger um das Ausmaß, sondern vielmehr um die Initiative an sich, darum, die Demütigung nicht auf sich sitzen zu lassen. Und keine Angst, es gebe keinerlei Verbindung zwischen Auftraggeberin und Exekutive. Die Exekutive sei eine erfahrene Kraft und agiere garantiert für alle unerkannt, eine ganz Gewiefte, die wisse, wie man unterm Radar bleibt. Die Kundin bekäme sie nie zu Gesicht und könne insofern auch nichts über sie aussagen. Für ein lupenreines Alibi würde zudem gesorgt. Bezahlung Cash, 50 Prozent vorher, 50 nachher. Ab erfolgreicher Durchführung werde man nie wieder voneinander hören.

Die Schulbuchlektorin willigt ein.

Gemäß der Firmentaktik erhält die Schulbuchlektorin genaue Anweisungen, zum genannten Zeitpunkt alibihalber im Bauch-Beine-Po-Kurs und anschließend in der Frauensauna des Fitness First zu schwitzen, während Irene den Verlagsfuzzi mit aufheulendem Motor so gezielt anfährt, dass dieser nicht anders kann, als in einer abwehrenden Geste die Hände gegen das Auto zu heben. Trümmerbruch in beiden Handgelenken. Sechs Monate nicht in der Lage, irgendwas zu greifen, geschweige denn den Preis entgegenzunehmen. Auftrag erfüllt.

Die Schulbuchlektorin ist so anständig, ihrem ehemaligen Chef ihr tiefes Mitgefühl auszudrücken, und er daraufhin so gerührt, dass sie wieder beauftragt wird und die Redaktion von *Das A geht zum B* weiterführen darf – erst mal zu geringerem Stundenlohn, mehr sei leider nicht drin, das würde sie sicher verstehen.

Bea drängt die Schulbuchlektorin, sich um Himmels willen nicht wieder in diese Abhängigkeit zu begeben, das sei bereits beim ersten Mal schiefgegangen. »Stillstand ist Rückschritt!«, mahnt Bea. »Wer am Ist-Zustand festhält, den zieht der Strudel nach unten, weil was heute ist, morgen schon gestern war. Die Möglichkeiten werden ja nicht mehr, und die Zeit ist brutal, plötzlich wachst du auf und bis 50, fünfzig!!«

Aber der Schulbuchlektorin geht die Sicherheit vor. Geordnete Bahnen ziehen. Das ist es, was sie möchte. Wagnisse und Veränderungen machen sie nervös. Lieber den Spatz in der Hand als die Taube auf dem Dach.

Zum ersten Mal in ihrem Leben hat sie selber den Bestimmerknopf gedrückt und die Macht genossen. Jetzt kann sie sich wieder unterordnen, denn dieses positive Gefühl wird ihr niemand mehr nehmen. »Danke! Sie haben mein Leben verändert.«

»Perlen vor die Säue«, resigniert Bea vor Irene, »militante Allüren, aber zu feige, sie durchzuziehen. Die hat die Sklavenmentalität noch nicht abgelegt, die wird immer einen finden, der sie ausbeutet.«

»Daran haben auch 100 Jahre Emanzipation nichts geändert.«

»Ewiges Opfer.«

»Ja. Traurig.«

»Hätte mir klar sein müssen, Fräulein Artig, Dienst nach Vorschrift, aber in der Sauna Kerze machen.«

8

Klientin Nummer 2 tut Bea im Ikea-Restaurant auf, am Buffet zwischen Köttbullar und LAX-Sandwich. Klientin Nummer 2 wurde nach 15 Jahren von ihrem Freund gegen eine Jüngere ausgetauscht und vor die Tür gesetzt. Also braucht sie eine neue Küche.

»Ich hätt's wissen müssen«, poltert die Dame, eine ziemliche Kodderschnauze, und tunkt einen Köttbullar in die Preiselbeeren, »diese Hackfresse hat sich 'nen Nasenrasierer gekauft. Vor sechs Monaten. Und dann neulich Kontaktlinsen. Und seinen Rücken wollt er epiliert haben. Und ich hab ihm noch geholfen. Ich dämliche Kuh. Als wenn der je was für mich gemacht hätte. Nicht einen Finger krumm hat der gemacht. Nie. Und wenn wir abends schwofen sind, hat er drauf bestanden, dass ich High Heels anzieh, rennt aber ewig drei Meter voraus, ohne Rücksicht, ob ich hinterhergestöckelt komme. Und dann verlangt er, mach doch mal was Modernes mit deinen Haaren. Der muss reden, diese Nulpe. Aber ich verblendete Trantüte denk, Mensch wie aufmerksam, der Olle entdeckt mich ganz neu. Ich also 30 cm Haare ab, dabei weiß ich, ich hab keinen Hinterkopf. ›Siehst aus wie ein Junge‹, hat er gesagt, und weg war er. Ich hätt's wissen müssen. Also wirklich. Wie blöd muss man sein? Den zerstör ich, dem hetz ich die Steuer an' Hals.«

»Da kann ich helfen«, sagt Bea, »ich habe nämlich mal in einem Steuerbüro gearbeitet. Aber eigentlich hätte ich noch eine viel bessere Idee.«

2400 Euro zahlt Klientin Nummer 2 für den Beckenbruch ihres Ex. Zuerst war nur ein einfacher Beinbruch anvisiert, aber dann entschied sie sich um. »Mit so einem Beckenbruch ist das Geld viel besser angelegt«, jubilierte sie, »da hab ich ja mindestens ein halbes Jahr Tag für Tag Spaß an dem Gedanken: Auch heute wieder tote Hose mit der Jung-Uschi!«

Darüber hat Klientin Nummer 2 eine so positive Ausstrahlung entwickelt, dass sie sich prompt ein leckeres Schnittchen aus Kuba, 10 Jahre jünger, angelacht hat, der sie seither in der neuen Küche verwöhnt.

Klientin Nummer 3 und 4 akquiriert Bea im umzäunten Hundeauslaufplatz auf dem Tempelhofer Feld. Da rennen so viele Köter rum, da fällt gar nicht auf, dass Bea keinen hat.

Klientin Nummer 3 und 4 sind Beagle-Besitzerinnen, Zwillingsschwestern, gemeinsame Inhaberinnen einer Haarspangenboutique an der Kaiser-Wilhelm-Straße. Bea kennt und liebt den Laden. Schillernde Mädchenschätze. Fand sie als Kind schon toll. Alles, was glitzert und klappert. Anstecknadeln, Tücher, Charms zum Auffädeln, Klebesticks für Taschen, Bügelaufnäher, temporäre Tattoos, Handyanhänger in Form von pinken Einhörnern und grellen Mangapüppchen. Aber vor allem Haarspangen. Alle Wände von oben bis unten voll bunter Haargummis, Haarklemmen, Haarbändern, Haarnadeln, Haarreifen, Haarschleifen. Mehr Auswahl als im KaDeWe und von Herstellern, die es sonst nirgends gibt. Ein Traum für Mädchen jeden Alters.

Ohne es gewusst zu haben, teilten sich Klientin Nummer 3 und 4 über Monate den Paketboten als Liebhaber. Spilleriger Typ, aber da, wo's zählt, sehr agil. Zudem der Drogenhändler ihres Vertrauens. Auch in diesem Sortiment stimmte das Angebot. Die Kombi aus junger Liebhaber plus Drogen aus Eigenanbau empfanden Klientin Nummer 3 und 4 als sehr attraktives Konzept. Synthetische Zauberpillen verweigern sie. Und alles zum Schnupfen erst recht. Ihr Leben lang hatten sie nie etwas Stärkeres als Kaffee zu sich genommen, aber als sie um die entspannende Wirkung von Marihuana erfuhren – jeder seiner hochpotenten Mischungen trägt den Namen eines Berliner Bezirks –, dachten sie, wenn sie diese Genussmittel schon eher gekannt hätten, wäre ihnen eine Menge Aufregung erspart geblieben. Mischung Neukölln entspannt bei Schlafstörungen, Spandau beruhigt bei Heißhunger, Rudow ist gut zum Cooldown vor Familientreffen und Reinickendorf perfekt, um sich für den Paketboten geschmeidig in Stimmung zu bringen, nicht wissend, dass er zweigleisig fährt – die Sau!

»Bei dem dominiert da eine ganz billige Phantasie. Meint wohl, hinter jeder Wohnungstür wartet eine von uns, die darauf jiepert, sein kleines Päckchen auszupacken. Und wir haben da auch noch mitgespielt, wir notgeilen Gänse. Dabei ist der gerade mal 18. Kaum halb so alt wie wir. Aber das hat ihn nicht gestört und uns erst recht nicht. Kamen uns modern und richtig französisch vor. Aber zweigleisig fahren, das geht natürlich gar nicht.«

»Das Leben ist bunter als eine Rolle Haribo Roulette«, besänftigt Bea, »aber wie gut, dass Ihnen geholfen werden kann!«

Klientin Nummer 3 und 4 wollen ihren Paket- und Drogenboten nicht körperlich quälen, nur seelisch. »Sonst kommt nachher noch ’ne Vertretung und die sind ja immer so unzuverlässig.« Sie buchen Psychoterror. »Die kleine Wurst soll denken, er steht bei seinen Drogenfreunden auf der Abschussliste, und nachts vor Schiss kein Auge zumachen.«

Irene mietet einen schwarzen Van mit verdunkelten Scheiben und verfolgt das Objekt. Sie fährt immer wieder ganz nah ran, lässt sich zurückfallen, um hinter der nächsten Ecke prompt wieder aufzutauchen, den Weg abzuschneiden oder sich vor ihn zu setzen.

Klientin Nummer 3 und 4 zahlen für eine Woche penetranter Angstmache 250 Euro pro Tag plus Trinkgeld = 1900 Euro. Klientin Nummer 3 und 4 lassen sich auch weiter von dem Paketboten versorgen. Rundum. Aber ab jetzt nach ihren Konditionen.

Klientin Nummer 5, 6, 7 und 8 kommen wieder aus der Frauensauna. Nichts Aufregendes. Normale Anschläge für die kleine Genugtuung zwischendurch. Ausgleichende Gerechtigkeit für mürrische Ignoranz, anhaltend muffigen Körpergeruch, fortwährende Wehleidigkeit und vergessenen Hochzeitstag. Über'n Fuß rollen, vom Fahrrad schubsen, seinen Sportwagen ins absolute Halteverbot schieben und Dickmilch in den Kühlerrost kippen. Für je 320 Euro.

Kleinvieh macht auch Mist.

9

Beas lukrativste Zielgruppen sind die Unscheinbaren, die Trau-mich-nichs, die viel Zeit darauf verwenden, nicht aufzufallen. Daneben die, die viel investieren müssen, um den Schein zu wahren, dass noch alles möglich ist. Der nötige Aufwand wird mit den Jahren allerdings immer größer. Mehr Schminke, mehr Tönung, mehr Diät, mehr Show. Es wird von Tag zu Tag anstrengender, das appetitliche Mädchen von einst zu konservieren. Die Fassade bröckelt. Cellulitis, Fettbeulen, Krähenfüße, dünner werdende Haare, Überbein und überhaupt die sich potenzierenden Probleme mit dem verlangsamten Stoffwechsel und der Schwerkraft. Und wenn die allgemeine Bröckelage systemrelevant wird und dann auch noch der Alte nervt, ist für Bea der Moment gekommen, sich ins Spiel zu bringen.

Confiserie Reichert an der Schlossstraße, Lankwitzer Einzugsgebiet. Bea schiebt sich eine Gabel Florentiner Apfeltorte nach. Nicht der beste Kuchen Berlins, für Beas Geschmack ist der Mürbeteigboden zu dick, der Mandelbelag zu wenig kross, Allerweltskuchen. Genauso nullachtfuffzehn wie das Publikum ringsum. Frauen ab Mitte 40, die nach dem Friseurbesuch stolz auf sich sind, weil sie endlich mal was gewagt und verändert haben. Statt Strähnchen-Nuance 6.4 Sahara-Blond dieses Mal ein Wechsel zu Nuance 6.5 Wüsten-Blond. Oder aus Erleichterung darüber, dass beim Frauenarzt mal wieder alles gutgegangen ist, keine Knoten oder Zysten, trotz 30 Jahren Solarium kein schwarzer Hautkrebs und die Leberwerte weiterhin unauffällig. Gott sei Dank. »Herr Ober, noch'n Piccolo und die Punsch-Schnitte mit extra Sahne!« Den nächsten Check zahlt die Krankenkasse in zwei Jahren, und besser wird's sicher nicht, also erst mal reinhauen.

Kuchentempel wie Reichert leben von der Angst. Warum schaufelt man sich sonst Torte rein? Um Ängste wegzuzuckern. Die Angst vorm übellaunigen Alten, den stutenbissigen Freundinnen, der Einsamkeit, der Leere des Alltags und dem enger werdenden Hosenbund.

»Herr Ober, bitte dasselbe noch mal!«

Stinknormale Frustfresserei. Und sich dann wundern: Wie konnte das passieren, warum bin ich so fett?

Die Konditorei Reichert ist ein sicherer Hafen. Hier bleibt immer alles gleich. Das ist beruhigend. Die letzten Renovierungsmaßnahmen liegen Jahre zurück und führten damals zu Revolten. Eine treue Kundin erlitt sogar einen Schwächeanfall, weil man ihren Lieblingsplatz wegdesignt hatte. Alles, was außerhalb der Reihe ist, löst beim Stammpublikum Panik aus. Ist ja auch hart, womit man im Alltag alles so konfrontiert wird: Der Friseur stirbt, die Post macht zu, und die Reinigung ist plötzlich ein arabischer Wettladen. Ein Hoch auf die Konditorei Reichert, den Hort des Immer-schon-da-Gewesenen.

Der große Luxus ist bei der hiesigen Klientel eh nicht drin. Keine Brillanten, sondern Kristallglas von Swarovski, nicht Strenesse, sondern S. Oliver. Ausnahmen bestätigen die Regel. Aber nur im Kleinen. Zum Beispiel beim Thema Nagellack. Nicht Soft Pink von Maybelline New York, sondern Flamme Rose von Chanel, kostet zwar 20 Euro mehr, aber da hat man was, worüber sogar in der Vogue berichtet wird.

Typisch, denkt Bea, der Vogue nacheifern, aber vormittags Torte fressen in der Schlossstraße.

Die allgemeine Ich-gönn-mir-was-Laune korrespondiert leider nicht eins zu eins mit Beas anvisierter Auftragssteigerung. Auf dem Arbeitsamt am Händelplatz ist mehr zu holen. Wer hätte das gedacht? Die, die dort auf den Gängen warten, sind zu arm, um am falschen Ende zu sparen. »Billig gekauft ist zweimal gekauft«, sagen sie. Für eine zerschmetterte Kniescheibe zahlt eine Hartz-4-lerin ohne Zögern 40 Euro mehr als die um Längen besser saturierte Tortenfresserin aus der Confiserie Reichert. Denn Erstere ist so am Ende, dass sie lange genug Zeit hatte, darüber nachzudenken, wer ihr im Weg steht. Da ist das Geld zielführend und effektiv eingesetzt.

Trotzdem hockt Bea lieber in der Confiserie als auf dem Arbeitsamt. Blanker Eigennutz: Lesezirkel und gepolsterte Sitze.

Beas Lieblingsplatz ist auf dem langen Sofa mit der plüschig roten Rückenlehne vor der Trennwand im vorderen Teil mit Aussicht auf die Glasfront zur Schlossstraße und auf die Drängelei vor der Kuchentheke. Je dicker und je älter, desto aggressiver wird gedrängelt.

Bea weiß, Irene würde verrückt in dem Laden. Gedämpfter Allerweltsplüsch ohne eigenen Stil und zu 90 Prozent Allwetterjackenträger. Wie Beas Herbert. Aber selbst der würde sich hier nicht wohl fühlen. Dem wär's zu voll, und Herbert hat's sowieso nicht mit Kuchen. Bea selbst ist ja nicht so mäkelig. Und hier geht's schließlich nicht ums Wohlfühlen, sondern ums Geschäft!

Zerschmetterte Kniescheiben der Ehegatten sind eher nicht das Thema der Confiserie-Damen. Eher zermantschte Visagen von Schwiegermüttern und falschen Freundinnen. Das kann Bea zwar gut verstehen, aber Frauen als Zielscheibe sind gemäß § 7 ihres Zehn-Punkte-Plans für Irene und Bea tabu. Und zickige Klientinnen ebenso. Sie arbeiten nur für Frauen, die grundsätzlich angenehm rüberkommen und ein moralisch plausibles Anschlagsanliegen haben. Von denen wiederum gibt es selbst hier genug. Man muss nur selektieren. Die Guten ins Töpfchen, die Schlechten ins Kröpfchen oder einfach vor der Torte sitzen lassen. Die, die nur jammern um des Jammerns willen, die sollen ruhig weiterjammern.

Man muss sich auf die Verzweifelten stürzen, auf die, bei denen ein Funken Restdynamik aufleuchtet, der den Einsatz rechtfertigt. Die investierte Energie muss sich fortsetzen. Es geht ja nicht nur ums Geldverdienen, sondern auch um die Mission.

Der Herr im Samtkleid am marmorierten Tischchen nebenan fällt eindeutig aus dem Rahmen, und Männer sind sowieso nicht ihre Zielgruppe – § 6 –, aber Bea mag seinen Look. Kein Schmuck, die Haare graumeliert und halblang und aus dem Gesicht zurückgekämmt, sehr dezent, vermutlich Mitte 40, überhaupt nicht transig. So selbstverständlich. Obwohl Bea ja sonst überhaupt nicht auf dezent steht, ist sie von seiner Erscheinung umgehend eingenommen. Und das Kleid erinnert sie an den Nickischlafanzug ihrer Kindheit, den mit dem Dschungelmuster, den sie immer verkehrtherum trug, mit der flauschigen Seite nach innen. Außerdem, so atemlos wie er das dritte Stück Marzipantorte verschlingt, bedrückt den was, was Ernsthaftes, das spürt sie. Er hackt mit der Kuchengabel in die Torte, als ob es den Feind zu zerstückeln gilt. Bea muss einfach eingreifen. Dieses Elend ist ja nicht auszuhalten. Es gibt 1000 Arten, Torte zu genießen, aber nur drei, Torte zu verschlingen:

1. Prinzip hysterische Lust: unfähig, wirklich zu genießen. Als wolle man den ganzen Urlaub am ersten Tag erleben, damit man bloß nichts verpasst. Hat zwar was mit Lust zu tun – aber vor allem mit Sorge, dass es für immer vorbei ist, wenn man innehält.

2. Man schlingt, weil man verfressen ist. Ist einfach so. Keine psychologische Entschuldigung. Hau weg die Torte!
3. Kummer, Wut oder Verzweiflung sind so monströs, man kann nicht anders, als so viel Torte in sich hineinzustopfen, wie es eben geht. Falls man dabei an einem zu fetten Happen erstickt und krepiert – auch egal.

Der Mann im Samtkleid neben ihr gehört eindeutig in Kategorie 3. Bereit, mit allem und jedem abzuschließen. Auch mit sich selbst. Wie der Junkie vorm goldenen Schuss.

Bea lehnt sich zu ihm rüber: »Und was machen Sie so im Leben?«

10

»Interessiert Sie das wirklich?«, antwortet Thomas barsch. Das will er gar nicht, so schroff klingen. Er ist ja froh, dass sich jemand für ihn interessiert, froh, dass er endlich die Wut über den Verrat, den man an ihm begangen hat, rauslassen kann. Aber anstatt der Wut nachzugeben, stopft er Berge klebriger Kohlenhydrate in sich rein. Nun ja. Deshalb war er ja hier, um sich umzubringen. Mit Torte: Ich fresse mich jetzt einfach zu Tode. Und dieses jämmerliche Ambiente passt zu meinem Abgang. Adieu Tristesse. Kein Licht am Ende des Tunnels, kein Licht nirgends, beide Enden des Tunnels von Arschlöchern zugeschüttet. Zappenduster.

»Hallo, ich bin die Bea.«

Au weia, was will die denn?

»Darf ich mich zu Ihnen setzen?«

Eine Zeugin Jehovas? Ist schon wieder Kirchentag? Oder hatte die zu viel von der Eierlikörtorte?

»Sie bedrückt doch irgendwas.«

Darüber zu sprechen, überlegt Thomas, könnte helfen. Diese Quasseltante umgibt so eine Grundgütigkeit. Eine bunte Fee. Wie im Märchen. Die kommen immer, kurz bevor's vorbei ist. Feen darf man nicht verprellen. Ergo schüttet Thomas dieser wildfremden Frau sein Herz aus, erzählt ihr seine Geschichte. Von Anfang an.

Vor 25 Jahren, während seines morgendlichen Geschäfts – Thomas hat das Glück, immer zur gleichen Zeit aufs Klo zu können – blätterte er im Arbeitsbuch zum I-Ging. Darin sind Symbole und Schriftzeichen erklärt, die Vorhersagen für die Zukunft machen. Beim Spülen fiel Thomas dann auf, dass er das Zeichen für Vereinigung produziert hatte. Ziemlich kompliziertes Zeichen. Aber was ist die Bedeutung?, rätselte er. Vereinigen mit wem oder was?

Abends fiel die Berliner Mauer.

Thomas hatte die Wiedervereinigung geschissen!

In den kommenden Jahrzehnten hat er sich dann eingehender mit dem Phänomen der Symbolik beschäftigt und ein Sendekonzept fürs Fernsehen entwickelt. Zuerst hat er es bei den Öffentlich-Rechtlichen versucht, beim *Morgenmagazin*, bei *Mona Lisa*, sogar bei der *Sendung mit der Maus: Jetzt wisst ihr, wie ihr im Aa eure Zukunft lest.* Aber Kinder, hieß es ablehnend, seien nicht an der Zukunft interessiert, die lebten im Jetzt. Der Einzige, der sich neugierig zeigte, war Spirit TV, der Marktführer in der Welt der Kartenleger und Wahrsager. Leider sprachen die Redakteure von Spirit TV dem Fäkalen per se jede transzendente Wirkung ab, stellten Thomas aber trotzdem als Moderator ein, da sie meinten, er besäße eine verkaufsfördernde Aura für Übersinnliches.

Seine ersten Jahre beim Sender hat Thomas ausschließlich Tageshoroskope erstellt und Patiencen gelegt, erzählt er, dann eine Zeit lang kosmische Energiestäbe verkauft, um die Chakren impotenter Männer auszuklopfen. Das sei richtig gut gelaufen. Auch das praktische Reise-Set für unterwegs mit dem kleineren Travel-Stick wurde ein Hit. Das weibliche Publikum – und sein Publikum besteht zu 97 Prozent aus Frauen – vertraue seinen Potenz-Empfehlungen.

Thomas nimmt die Kuchengabel, hält sie wie ein Mikro und imitiert sich selbst: »Klopfen Sie überall da, wo Sie einen Mangel an Energie verspüren, schön sanft, nicht ruppig, sodass alles wieder fließt wie ein perfekt ausgeklügeltes Bewässerungssystem. Sie werden staunen, nach wenigen Minuten wird die Energie wieder strömen.«

»Sie sind ein Naturtalent! Ihnen würde ich sofort einen Energiestab abkaufen. Den kann man bestimmt mal brauchen. Auch wenn ich diesbezüglich selbst meine kleinen Geheimnisse habe.«

Thomas weiß, dass sein besonderer Appeal als Mann im Samtkleid sein Publikum glauben lässt, er habe Einblick sowohl in die weibliche als auch in die männliche Sphäre. »Wie ein Unisex-Parfüm«, nickt Bea.

Das habe bei ihm nichts Erotisches. Zumindest nicht mehr. Bis zur Jahrtausendwende, da war er Mitte 20, habe er alles ausprobiert. Seither sei nichts mehr gelaufen. »Ich bin mir selbst genug.«

»Null Verlangen? Wie bewundernswert«, staunt Bea, »überhaupt gar nichts mehr? Kein Kitzeln, keine Fantasien, nichts? Toll!«

»Pandabären sind da ganz ähnlich, wussten Sie das?«

»Nein wirklich?«

»Also beinahe, bei denen läuft auch nichts, bis auf drei Tage im Jahr.«

»Drei Tage machen doch erst richtig Stress.«

Thomas lacht. »Vermutlich!«

»Aber Sie? Wirklich ganz ohne?«

»Zero.«

»Das ist ja nicht nur trans-, sondern schon postsexuell, wie postnatal oder post mortem!«

»Ich hab's nicht so mit Labeln.«

»So als Postsexueller hat man sicher 'ne Menge Probleme weniger.«

»Na ja, am Anfang, als das losging mit keiner Lust mehr, hab ich darüber nachgedacht, mich auf irgendeine Couch zu legen, Familienaufstellung, Hypnose oder ähnlicher Blödsinn. Aber mit welchem Ziel? Warum nach etwas forschen, was ich nicht vermisse? Mittlerweile, mit über 40, bin ich doppelt so lange abstinent wie vorher aktiv gewesen und frage mich, ob mich das nach und nach wieder zur Jungfrau wandelt. Wie eine rückwärtslaufende Uhr.«

Diesen Gedanken von der umgekehrten Deflorierung findet Bea vergnüglich. »Alles wieder von vorne. Like a virgin. Touched for the very first time.«*

Thomas erzählt, ihm gefiel seine Rolle als Potenz-Fluktuator in der 2:00-bis-5:00-Uhr-früh-Schiene,

* ©Madonna. Kelly, Thomas F. Steinberg, Billy. *Like a virgin.* Sony-ATV Tunes LLC 1984.

sein erster Job bei Spirit TV. Zugegeben, das meiste Kosmos-Trallala geht ihm am Arsch vorbei, auch wenn er fest daran glaubt, dass alles mit allem verbunden ist. Irgendwie.

Es war eben ein Job, um in der Branche Fuß zu fassen. Und wenn er was macht, dann richtig. Er hat seine Zuschauerinnen ermutigt, Geld auszugeben, für etwas, das ihnen angeblich helfen würde, was allein deshalb schon seine Wirkung tat, weil sie Geld dafür ausgegeben hatten. »Der Energiestab ist natürlich ein Placebo«, gibt Thomas zu, »aber als sich selbst erfüllende Prophezeiung durchaus zu empfehlen. Für 89,99 oder inklusive Reise-Set nur 129 Euro, Lieferung frei Haus!«

»Ein Schnäppchen!« Bea schenkt Kaffee nach. »Endlich mal ein Päckchen, auf das man sich freut!«

»Aber ich wollte mehr«, gesteht Thomas. »Mein eigenes Format. Und damit das Vormittagsprogramm erobern, die Prime Time des Senders, 9:00 bis 13:00 Uhr, dann wenn die Hausfrau von Flensburg bis Altötting sturmfreie Bude hat und mit Piccolo beim Bügeln Spirit TV schaut. Da lag's doch nahe, mein ureigenes Konzept zu überarbeiten und aufpoliert an den Start zu bringen. Das K-Orakel: Prophezeiungen zum innersten Selbst, das den kosmischen Zusammenhang abbildet – wenn man es denn aus sich rausgedrückt hat. Thomas' K-Orakel. Meine Idee, meine Marke. Nach mir benannt. Wie Heinz Ketchup.«

Das überarbeitete Konzept schlug ein wie eine Bombe. Spirit TV war begeistert. Sofort ließ man ihn einen Entwicklungsdeal unterschreiben, kaufte ihm die

Rechte ab und schob mit Thomas als Moderator eine Probesendung an.

Wochenlang wurde in den Büros von Spirit TV an dem Eröffnungsjingle *Dein Geschäft von heute ist deine Zukunft von morgen!* und an der Homepage zur Sendung sowie an dem Look des Studios getüftelt. In diesem Fall sollte das kein Plüschhokuspokus wie bei den Kartenlegern sein, sondern eine kosmische Ordnung, um dem medizinisch-astrologischen Doppelbedürfnis der K-Gemeinde entgegenzukommen. In den Redaktionssitzungen wurden verschiedene Konzepte diskutiert. Ganz pragmatisch: Anhand welchen Materials soll die Analyse stattfinden? Und wie soll Thomas an das zu bestimmende Material kommen? Die Versendung der persönlichen Proben verbot sich von selbst, zum einen natürlich aus hygienischen Gründen, zum anderen würde auf dem Postweg die Form nachhaltig und unwiederbringlich beeinträchtigt. Vielleicht ließen sich Skizzen der K-Form erstellen? Aber wer kann heute noch maßstabs- und realitätsgetreu zeichnen? Also blieb, na klar, die Selfie-Methode!

Aus ästhetischen Gründen wurde beschlossen, die Fotos des K-Materials nicht live während der Sendung über den Bildschirm flimmern zu lassen, sondern sie Thomas nur auf dem ihm sichtbaren Laptop einzuspielen und von der dazugehörigen Zuschauerin am Telefon Form und Ausrichtung beschreiben zu lassen: gekringelt, gedrungen, Erbsengröße, bleistiftdünn, Blumenkohlröschen, Portion Schlagobers etc.

»Jede zweite Anruferin, die in die Live-Sendung geschaltet wird, will Günstiges über ihre Beziehungsentwicklung hören«, erklärt Thomas, während Bea an seinen Lippen hängt, »das ist bei allen Sendungen von Spirit TV so, das wird auch beim K-Orakel nicht anders sein. Da mailt dann zum Beispiel eine Zuschauerin ein K-Selfie, ruft an, erklärt, ihr Kringel zeige schon seit Tagen nach oben, und fragt, ob das ein gutes Zeichen sei.«

»Und, ist es das?«, fragt Bea.

»Alles, was nach oben zeigt, hat eine besonders gute Energie.«

»Genial.« Bea winkt dem Kellner. »Es sind doch immer wieder die einfachsten Ideen, die überzeugen. Toll. Denn im Kaffeesatz oder in der Scheiße lesen, wo ist der Unterschied? Beides braun, ähnliche Konsistenz. Nur die Keramik drum herum ist unterschiedlich groß, nicht?«

Thomas nickt und pflückt einen Krümel von seinem Samtkleid: »Der Sender hofft, mit meinem K-Orakel neue Publikumsgruppen zu erschließen, vor allem die südlichen Bundesländer und das Rheinland. Der Katholizismus hat ja eine große Liebe zur Ikonographie und ohnehin einen Hang zur Mystik. Und alles Anale ist eh der Hit in Deutschland. Nicht nur im Katholizismus.«

Bea beißt sich auf die Lippen, denn das bestätigt nur ihre Theorie. In der Praxis Dr. Schnaller macht sie den meisten Umsatz, noch mehr als in der Damensauna vom Fitness First oder auf dem Arbeitsamt. »Wenn die Probleme erst mal im Darm angekommen sind, dann ist die Scheiße wirklich am Dampfen. Das versteh ich!«, sagt sie und bestellt noch ein Kännchen Kaffee. »Für Sie auch?«

»Nein danke.«

»Also wirklich, man glaubt gar nicht, wie viel Vorbereitung und Mühe in so einer Sendung steckt!«

»Nicht nur Mühe und Vorbereitung«, bestätigt Thomas, »vor allem Herzblut und Lebenszeit.« Er atmet tief durch. »Aber dann kam der Hammer!«

Bea hängt an Thomas' Lippen. »Oh Gott, was ist passiert? Sind Sie erkrankt?«

»Nein. Viel schlimmer.«

»Haben Sie Ihre seherischen Fähigkeiten verloren? Eine spirituelle Midlife-Crisis?«

»Man hat mich gegen einen angeblich sexuell unkonnotierteren Moderator aus der Druiden-Schiene ausgetauscht.«

»Hat man Töne!«

»Mit Vollbart!«

Es könnte keine verständnisvollere Zuhörerin geben als Bea. Sie fasst Thomas' Hand: »Mit Vollbart?«

»Damit hätte ich nie gerechnet.« Thomas schüttelt den Kopf. »Eine schlimme Branche.«

»Das kann man wohl sagen.«

»Fernsehen ist ein wirklich mieses Geschäft.«

»Das glaub ich sofort.«

»Letzten Endes geht's da nur um Marktsegmente. Die vom Sender haben ein externes Gutachten beauftragt und rausgefunden, dass die Möglichkeiten des K-Orakels noch nicht voll ausgeschöpft sind. Mein Ansatz sei der richtige. Aber der Zuschauer wünsche jemanden ohne eigene sexuelle Konnotation. Angeblich stört das Sexuelle die spirituelle Energie.«

»Das verstehe ich nicht.«

»Die spirituelle Energie dürfe nicht ablenken, niemanden ausgrenzen, sondern müsse containen, also zusammenführen und gleichmäßig an alle abgeben, diffusieren, wie ein Sprühregen.«

»Aber«, empört sich Bea, »da sind Sie doch genau der Richtige, so als Postsexueller!«

»Wem sagen Sie das? Aber postsexuell reicht den Verantwortlichen nicht. Die wollen auf Nummer sicher gehen. Sexuell unkonnotiert, lautete die Forderung. Im Sinne der Optimierung sind Zweifel aufgetaucht, was die Diffusion betrifft, da gibt es bei mir Vorbehalte, trotz meines Looks. Sie wollen jemanden finden, der sexuell neutraler rüberkommt. Sie hätten alles Mögliche diskutiert. Auch eine Doppelspitze à la Cindy und Bert.«

»Cindy und Bert?«

»Cindy und Bert seien gespuckt für das K-Orakel. Das habe die Marktforschung ergeben. Sie hat tolle Haare, und er ist so sensibel, weibliche Dominanz und männliche Weichheit, Diffusion und Containment. Aber Cindy und Bert seien altersmäßig nicht mehr zielgruppenkonform, und so sind sie auf Lutz gekommen, der ist noch keine 40.«

»Lutz? Wer ist Lutz?«

»Der mit dem Vollbart. Lutz aus *Keltische Mystik mit Lutz*. Der verkauft für Spirit TV magische Trollhaare auf der Druiden-Schiene.«

»Trollhaare?«

»Die sind gut gegen Arthrose.«

»Und was ist daran asexueller?«

»Keine Ahnung. Die Marktforschung sagt, Lutz sei eindeutig sexuell undefinierter als ich. Das haben die getestet.«

»Ich denke, Lutz hat Vollbart?«

»Wie Conchita Wurst. Nur ohne Sexualität. Rein spirituell. Wie Jesus.«

Bea hat sich bislang mit all ihren Klientinnen auf die eine oder andere Art verbunden gefühlt und ihren Auftrag nicht nur als monetäre Angelegenheit begriffen, sondern als Berufung. »Wissen Sie, Thomas, ich und meine Kollegin, wir wollen keine Revolution starten, keine Partei gründen. Wir wollen die Welt nur ein kleines bisschen besser machen.«

Nie zuvor ist Bea so überzeugt gewesen, das Richtige zu tun, wie jetzt – § 6 hin oder her –, als sie vollmundig verspricht: »Und deshalb, Thomas, Kopf hoch. Ihnen kann, Ihnen muss geholfen werden!«

11

»Spinnst du?« Irene tritt auf die Bremse. »§ 6 unserer Verfassung stipuliert eindeutig, dass wir nur für Frauen arbeiten.«

»Thomas ist postsexuell«, protestiert Bea.

»Trotzdem ist er ein Kerl.«

»§ 6 sagt aber außerdem, wir nehmen Aufträge nur von Klientinnen an, die uns grundsätzlich sympathisch sind und ein für uns plausibel erscheinendes Anschlagsanliegen haben. Und § 7 sagt, Ziel unserer Aktionen sind ausschließlich Männer. Drei von vier Aspekten treffen also zu. Sei nicht so kleinkariert, Irene. Ich glaube, Thomas' Persönlichkeit ist mehr weiblich als männlich.«

»Ich denke, der hat Vollbart?«

»Eben nicht. Das ist ja das Problem. Der mit dem Vollbart ist Lutz. Lutz aus der Druiden-Schiene, der, der die Trollhaare verkauft.«

Irene setzt den Polo rückwärts in die Parklücke. Normalerweise nehmen sie für Privatausflüge immer den Aygo. Aber Irene kommt gerade von einem Auftrag – doppelter Wadenbeinbruch für 275 Euro mit Aussicht auf drei Monate Reha. Im Anschluss hat Irene Bea vor der Konditorei Reichert aufgegabelt.

Ein kurzer Blick über die Schulter, Lenkrad einschlagen, gegendrehen, fertig. Eine smoothe Bewegung, Maßarbeit, auf den Zentimeter getroffen. Irene streift ihre ledernen Handschuhe ab und verstaut sie in der Ablage. Eigentlich wollten sie zum Thai in der Ahornstraße, aber jetzt braucht Irene was Deftiges. Beim Krasselts bestellen sie Currywurst auf Piker mit allem Drum und Dran und essen sie ums Eck im Park.

Bea weiß, sie muss nur ein wenig warten, dann kocht sich Irene schon wieder runter. Irenes Herz ist weich wie Pudding, man muss ihr nur ein wenig Raum lassen und natürlich die richtigen Knöpfe drücken, zum Beispiel an ihr Gerechtigkeitsgefühl appellieren: »Findest du das nicht auch unmöglich, einen Menschen um seine ureigene Idee zu betrügen? Was soll der Arme jetzt machen? Er kann doch nichts anderes. Das ist doch maßlos ungerecht!«

»Gut, meinetwegen, nur mal angenommen, wir machen eine Ausnahme und helfen deiner Kuchenbekanntschaft – obwohl er ein Mann ist ...«

»... in Samtkleid!«

»Also gut, ein Mann im Samtkleid. Aber was ich einfach nicht verstehe: Es ist doch nicht der Fehler von diesem vollbärtigen Lutz. Der hat doch bloß die Chance ergriffen, die sich ihm hier bot. Die eigentlichen Verursacher sind doch die Chefs von Spirit TV. Und die können wir ja nicht alle auf einmal umfahren.«

Bea lächelt. Geht doch. Irenes Gerechtigkeitssinn ist wachgekitzelt. Schön die Wut auf die Produzenten lenken: »Wenn man Tyrannen keinen Einhalt gebietet, vermehren die sich wie Gremlins, wenn sie nass werden«, sagt Bea. »Thomas muss zurück auf den Platz, der ihm zusteht.«

»Aber noch mal, der Lutz ist doch nicht der Verursacher.«

»Richtig. Aber trotzdem. Lutz muss weg. Hilft nichts. Lutz ist das Werkzeug der Tyrannen. Wenn Lutz eliminiert ist, bleibt den Fernsehfuzzis nichts anderes übrig, als auf Thomas zurückzugreifen, jetzt so kurz vor Start der Sendung.«

Irene wirft die Reste ihres Brötchens in den Ententeich: »Was schlägst du vor? Beckenbruch? Psychoterror? Hat dieser Lutz Haustiere? Kann man ihn da treffen?«

»Ich habe eine viel bessere Idee.« Bea hakt Irene unter und führt sie zurück zum Auto: »Wir zerstören sein spirituelles Ansehen, seinen Druiden-Leumund. Dann will niemand mehr seine Trollhaare kaufen. Und wenn erst einmal sein esoterischer Ruf ruiniert ist, kommt Lutz auch nicht mehr als Aushängeschild fürs K-Orakel in Frage. Den Lutz nehmen wir auseinander wie Uschi Glas.«

»Was hat denn Uschi Glas mit Trollhaaren zu tun?«

»Im übertragenen Sinne. Die hat ihren guten Namen für diese Creme eingesetzt, die Pickel macht.«

»Machen Trollhaare Pickel?« Irene bleibt stehen.

»Ist doch vollkommen wurscht, was Trollhaare machen. Wichtig ist, was die Trollhaar-Community zu glauben bereit ist. Einzig das Gerücht zählt. Gerüchte schaffen Tatsachen. Alles, was du fett in die Welt trötest und was nach Sensation riecht, wird Realität. Soziale Netzwerke, verstehste?«

Irene nickt. Der Plan gefällt ihr.

»Wir müssen es nur massiv genug in die Foren der Eso-Gemeinde blasen«, sagt Bea. »Wir behaupten einfach, die Trollhaare sind dioxinbelastetes Kunsthaar irgendwo aus dem Osten, vom Balkan. Hochgiftig und krebserregend, gefährlicher als jedes Schädlingsbekämpfungsmittel. Dieses Gerücht stellen wir online. Mit fiesen Fotos von Pusteln, eitrigem Ausfluss und Verfärbungen – so wie neuerdings auf den Zigarettenpackungen. Total eklig. Wir kreieren einen virtuellen Shitstorm epischen Ausmaßes. Dagegen war das, was man mit der Uschi Glas gemacht hat, Streichelzoo.«

»Und so was kannst du?«, fragt Irene.

»Natürlich nicht. Ich bin technisch total unbegabt. Aber die Gitta, die mir meinen Pflegefall vermittelt hat, die macht doch für ihre Damen in erotischen Websites.«

»Hätte ich der Gitta nicht zugetraut, dass die so was kann.«

»Für Online kriegt sie Hilfe von ihrem Enkel, der ist 15 und up to date.«

»Noch grün hintern Ohren, aber 'ne Internetplattform fürs horizontale Gewerbe der Oma basteln? Respekt.«

Leider kommen Irene und Bea in ihrer internen Machbarkeitsanalyse zu dem Schluss: Online-bashing ist in der Theorie spitze, in der Praxis leider zu aufwendig.

Also doch, Schuster bleib bei deinen Leisten, zurück zum Kern ihrer Marke, da wissen sie, was sie tun. Effektiv, kalkulierbar und mehrmals erprobt: Anfahren von hinten und mit Schmackes gegen die Laterne. Kieferbruch. Fresse im Eimer.

»Sieht blöd aus, mit oder ohne Vollbart«, freut sich Bea, »und telegen ist's schon mal gar nicht!«

Und so kommt's, wie es kommen muss. Thomas und sein K-Orakel werden der Quotenhit von Spirit TV – und er schwört Irene und Bea ewige Dankbarkeit.

»Da haben wir einen Freund fürs Leben gewonnen«, frohlockt Bea. »Mit Thomas an unserer Seite ist uns der Kosmos gewogen.«

Irene winkt ab, sie ist sicher, dem Verdauungsorakel nie wieder zu begegnen.

Aber da irrt Irene.

12

Im Warteraum der Praxis Dr. Schnaller akquiriert Bea die meisten Kunden, noch mehr als in der Steglitzer Frauensauna vom Fitness First.

Hier kommt sie ganz unverkrampft mit potentiellen Klientinnen ins Gespräch. Das Geheimnis ist zuhören und aufschnappen, was die Patientinnen gegenüber den Arzthelferinnen am Empfang oder auf der Pritsche hinterm Vorhang beim Blutabnehmen offenbaren.

Bea hat eine Theorie der gequälten weiblichen Seele. Der äußerlich sichtbare Peinigungsgrad verhält sich proportional zur Kurve der Gewaltbereitschaft, ein Wechselspiel von Körper und Seele. Männliche Zumutungen fräsen sich 1:1 in die Physiognomie, und Bea kann darin lesen wie in einem Wörterbuch:

Je tiefer die Nasalfalten, desto größer die Wut auf den heimischen Despoten.

Je schmallippiger, desto fester die Überzeugung, niemandem geht es so schlecht wie mir.

Je spitzer die Nase, desto einsamer das Ich.

Je nervöser das Augenzucken, desto unberechenbarer die alltäglichen Ausbrüche des Mackers.

Je dumpfer der Blick, desto größer der Frust infolge permanenter Missachtung.

Je zerkauter die Fingernägel, desto wahrscheinlicher die Not zurückzuschlagen.

»Ich brauche die Frauen nur anzugucken, dann setzt sich ihre Leidensgeschichte ganz von selbst zusammen«, ist Bea überzeugt. »Andere sehen von außen, ob die Ananas reif oder der Granatapfel süß ist, ich habe einen sechsten Sinn für von Männern drangsalierte Frauen. Ich sehe einfach, ob die Magenprobleme von einem stressigen Job oder vom Psychoterror zu Hause herrühren. Diese Opfer sind gedeckelter, in sich gekehrter, weil sie wissen, dass es zu Hause gleich weitergeht. Die können ja nicht mal entspannt schlafen, weil das Elend Nacht für Nacht neben ihnen schnarcht.«

Bea geht ganz und gar auf in ihrer neuen Funktion als Salesmanagerin des Kleinunternehmens. Hat sie die Eckpunkte der potentiellen Klientin umrissen, startet sie die Anwerbung geradeheraus und unverblümt: »Entschuldigen Sie, haben Sie schon mal überlegt, das Problem aktiv anzugehen? Ich hätte da eine Idee, wie man Ihnen helfen kann.«

Bald darauf verlässt man die Praxis gemeinsam. Den Angesprochenen fällt überhaupt nicht auf, dass Bea selbst gar nicht beim Arzt drin war, so geschmeichelt sind sie, dass ihnen endlich jemand zuhört.

Dann holt man sich bei der Thoben-Filiale nebenan einen Tee – Kaffee ist ja nicht, wegen der Magen-Darm-Probleme, und setzt das Gespräch fort.

Dabei versichert Bea stets, sie stehe voll und ganz hinter ihrem Service, schon deshalb, weil sie selbst die erste Kundin gewesen sei. Erst seit man ihre Drecksau in die Schranken gewiesen hat, sagt Bea, lebe sie wie befreit, habe ihren Hang zu bunten, fröhlichen Farben wiederentdeckt – die Farbnummer zieht immer! – und freue sich auf jeden neuen Tag. Deshalb sei sie, ohne zu zögern, in das Unternehmen eingestiegen, um diese frohe Botschaft weiblicher Erweckung in die Welt zu tragen. Bea selbst sei nun für Akquise und Organisation zuständig und sorge für den reibungslosen Ablauf: »Sie müssen sich um nichts kümmern. Wir übernehmen alles.«

»Das erzählen die bei der Telekom auch immer, und dann sitzt man da, und nichts funktioniert.«

»Ja, aber wir sind kein anonymes Callcenter. Bei uns haben Sie jederzeit den persönlichen Kontakt.«

Doch leider plagt die meisten ihrer Klientinnen zunächst das schlechte Gewissen: »Darf ich ihn denn wirklich absichtlich verletzen?«, wollen sie wissen.

»Wieso denn nicht?«

»Das tut doch weh.«

»Aber er tut Ihnen schon viel länger weh.«

»Ich kann das nicht.«

»Wieso?«

»Dann kann ich doch nächtelang nicht schlafen.«

»Das ist nur ein Symptom. Ein Relikt des uns anerzogenen Weiblichkeitskonzepts. Bloß nicht aufmucken, hat man uns über Generationen eingetrichtert. Aber warum das Leben erst genießen, wenn man naturbedingt als Witwe übrigbleibt? Unsere Großmütter trugen doch nur deshalb Schwarz, um von ihrem späten Glück, den alten Sack endlich los zu sein, abzulenken. Was meinen Sie, wie gut Sie schlafen, wenn das Zielobjekt erst mal in Reha ist.«

»Ich weiß nicht ...«

»Mal anders gefragt, wie ausführlich wollen Sie sein Leiden denn genießen?«

»... genießen?!!«

»Aber natürlich.«

»Wie soll ich genießen, dass er leidet?«

»Das ist Zweck der Übung. Schmerz zu erleiden ist eine lehrreiche Erfahrung für den Mann. Und Schmerz zuzufügen ist eine lehrreiche Erfahrung für die Frau. Im Allgemeinen haben Frauen einen zu hohen moralischen Anspruch an sich selbst. Männer denken in anderen Kategorien. Aber uns Frauen geht es nicht um den kurzen Effekt, sondern um langfristige Weichenstellung, um eine Veränderung hin zu Demut seinerseits. Es ist doch heilsam zu wissen, dass sich jede noch so festgefahrene Konstellation mittelfristig ändern kann. Daraus entstehen ganz neue Energien.«

»Hm ...«

Beas Plädoyer fällt in der Regel auf fruchtbaren Boden. Sie versteht es, die richtigen Knöpfe zu drücken und den anfänglichen Trau-mich-nichs einen Befreiungsschlag schmackhaft zu machen: »Das Zusammenleben mit Männern ist schwer. Und unerquicklich. Wissen wir alle. Klar kann es auch schön sein, aber vor allem ist es Mühsal. Und unbefriedigend. Einige kommen damit zurecht. Irgendwie. Andere nicht. ›Ich überstehe das. Alles wird gut. Morgen wird's besser‹, reden wir uns immer wieder ein. Aber was soll ich Ihnen sagen?«

»Was?«

»Wird's nicht.«

»Nein?«

»Der, der tritt, gewöhnt sich ans Zutreten, und die, die getreten wird, gewöhnt sich ans Aushalten. Ich sage: Keine Frau ist dazu gemacht, ewig in der zweiten Reihe rumzuwerkeln. Scheiß auf Sprüche wie: Hinter jedem erfolgreichen Mann steht eine starke Frau. Stark im Aushalten vermutlich. Und wieso denn ›hinter‹? ›Neben‹ wäre doch schon mal ein Fortschritt.«

Auf der Soll-Seite von Irenes und Beas Klientinnen hat sich so viel aufgestaut, die sind in ihrem tiefsten Herzen davon überzeugt, was gutzuhaben. Bei vielen reicht ein kleiner Stups, wenn sie zögern: »Das kann man doch nicht machen.«

»Doch, können Sie.«

»Meinen Sie wirklich?«

»Ja.«

»Na gut.«

Moralische Bedenken sind den Damen dann plötzlich ganz fremd, und sobald sie sicher sind, dass man ihnen nichts nachweisen kann, also für ein lupenreines Alibi gesorgt ist, tendiert die Hemmschwelle gen null. Dann brechen sich Niedertracht und Lust, das persönliche Übel zu bestrafen, ungehemmt Bahn und kulminieren in dem wohltuenden Fazit: »Das ist das Verrückteste, was ich je gemacht habe!«

Das Erstaunliche für Irene und Bea ist immer wieder, wie pragmatisch die meisten Frauen letztendlich sind und wie schnell sie parat haben, auf welche Weise man ihren Typen am besten quälen kann. Seelisch, körperlich oder finanziell. »Wobei«, resümiert Bea, »kein Wunder, die Frauen sind es ja schließlich auch, die die Schwachstellen der Herren über Jahrzehnte übertünchen, damit diese nach außen glänzen können.«

Es geht den Klientinnen selten um große Vernichtungszüge, eher um kleine Genugtuungen, lernen Irene und Bea mit der Zeit, um die stille Freude: Ich hab mich was getraut.

Und wenn die Klientinnen sich einmal durchgerungen und den Anschlag in Auftrag gegeben haben, beendet Bea ihr Plädoyer mit folgenden Worten: »Wir setzen gezielte Nadelstiche, an denen Sie lange Spaß haben. Das ist das Credo unserer Agentur. Warum jemanden gleich ganz plattmachen, wenn man sich noch eine Zeitlang an den röchelnden Resten berauschen kann? Da geht einem doch jedes Mal von neuem das Herz auf, wenn sich der Olle an Krücken die Treppe hochquält.«

13

Die verschreckte Maus aus dem Warteraum Dr. Schnaller, an die sich Bea heute geheftet hat, entspricht nicht der Schnittmenge, die bisher Treffer versprach. Sie hat zwar eine spitze Nase, einen hektischen Blick und bis aufs Nagelbett abgekaute Fingernägel, aber sie ist zu jung, eindeutig unter 30, und zu eigen in ihrem Look. An ihrem Shopper prunken auffällige Lederaufkleber. Trotzdem, irgendwas an der verschreckten Maus macht Bea neugierig, denn in ihrem um Freundlichkeit bemühten Gesicht brechen sich Zorn und Enttäuschung Bahn.

Jetzt stehen sie hintereinander in der Schlange beim Thoben. Bea zwinkert ihr zu. »Auch einen Darjeeling?«

»Danke, gern.«

Ihr Name ist Harriet. In kleinen Schlucken trinkt sie ihren Tee und erzählt, dass sie Tänzerin im Friedrichstadtpalast ist.

»Toll!« Beas Begeisterung ist echt. »Sie müssen sehr stolz auf sich sein.«

Ganz und gar nicht, klagt Harriet. Dieses Engagement hat ihre Karriere endgültig zerstört, keine Perspektive, totale Sackgasse. Gefangen in einer glitzernden Burg der Aussichtslosigkeit. Jetzt sucht Harriet nach einer Hintertür, bevor sie Amok läuft. Sie ballt die Fäuste. »Und Sie werden mir dabei helfen!«

Bea zuckt zusammen. »Ich?«

»Ich bin nicht zum ersten Mal in der Praxis«, lächelt Harriet maliziös, »und Sie auch nicht.«

14

Der Pudel hat Durchfall. Halb flüssig pladdert die Scheiße hinter ihm auf die Bühne des Friedrichstadtpalastes, während er unter frenetischem Beifall in die Gasse trippelt. Die Pudel-Nummer ist der Hit. Harriets Aufgabe ist es, der kläffenden Paulette hinterherzuwischen. Das macht Harriet so geschickt, dass es niemandem im Publikum auffällt. Ihr ballonartiges Kostüm mit den Trompetenärmeln, in denen sie die Feuchties versteckt hält, hilft ihr dabei, unbemerkt die Haufen wegzuwischen, während sie gemäß der Choreographie wie ein Flummi über die Bretter hopst. Die Bühne muss trocken sein, damit keiner der Tänzer auf der Scheiße ausrutscht.

Harriet wird von ihren Kollegen nur das K-Debakel genannt. In Anspielung auf das allseits beliebte K-Orakel. Spirit TV flimmert nonstop über den Bildschirm in der Kantine vom Friedrichstadtpalast. Und Thomas, der Moderator in Samtkleid, ist Kult. *Dein Geschäft von heute ist die Zukunft von morgen.* Spirit TV und Sport1, kosmische Weissagungen und Fußball sind die einzigen Programme, die im Friedrichstadtpalast regelmäßig eingeschaltet werden, wobei sich für Fußball nur die Bühnentechniker interessieren.

Esoterisch angehaucht und verdauungsaffin sind dagegen fast alle Künstler-Kollegen. Und Magen-Darm-Probleme hat auch jeder. Kein Wunder bei acht Vorstellungen die Woche.

Auch Harriet hat einen nervösen Magen. Deshalb haben ihre Eltern sie zu der Magen-Darm-Koryphäe Dr. Schnaller in Lankwitz geschickt. Ergebnis: Beängstigende Fäulniswerte. Ihre Eltern meinen, das liege an ihrem Job. Was wissen die schon! Als ob das Leben immer einfache Lösungen parat hätte. Na ja, zugegeben, in deren sturem Baukastendenken schon. Steinchen auf Steinchen gleich Türmchen.

Anfangs verfolgten die Eltern Harriets Karriere mit Stolz. Kinderballett der Deutschen Oper Berlin, Erstengagement in Halle an der Saale, bis die Tanzsparte gestrichen wurde. Dann drei Jahre en suite das Warzenschwein im *König der Löwen* in Hamburg, jeden Tag ›Hakuna Matata‹. »Der künstlerische Anspruch an das Warzenschwein ist ja nicht besonders hoch«, mäkelte ihre Mutter nach der Premiere.

Harriets Rollen wurden mit jedem Engagement erbärmlicher. Und jetzt in der neuen Show im Friedrichstadtpalast ist sie im Grunde nichts anderes als der Notfallplan, falls die hysterischen Pudel wieder auf die Bühne machen oder wenn ihnen im Anschluss jemand die getrocknete Scheiße aus den Löckchen kämmen muss.

Harriets Eltern schämen sich vor ihren Nachbarn wegen des Jobs ihrer Tochter als Hundekacke-Mamsell – Friedrichstadtpalast hin oder her. Sie schmieren

Harriet prompt aufs Brot, dass Joachim von den Neumanns mittlerweile Senior Executive bei Schwartau ist, sein neuer Dienstwagen ein AudiQ5, ein Hybrid, und das dritte Enkelchen nun auch schon unterwegs. »Kind, das könntest du auch alles haben«, drängt ihre Mutter, »und noch viel mehr. Du warst doch in der Schule immer viel besser als der Joachim. Nur weil du in deinem Leben eine Reihe törichter Entscheidungen getroffen hast ...«

»Törichte Entscheidungen?«

»Was ich meine: Du wärst eine tolle Giselle, ein umwerfender toter Schwan gewesen. Ja, das sind Rollen mit Klasse. Aber dafür muss man was tun. Am Mut hängt der Erfolg. Nicht warten, bis jemand mit laufendem Motor vorfährt und ›Einsteigen bitte!‹ ruft. Diese Erwartungshaltung, weil dir früher immer alles auf dem Silbertablett serviert wurde. So warst du schon immer. Aber von nix kommt nix. Man muss sich halt auch mal durchbeißen. Aber dafür warst du zu bequem. Und die Entscheidung für die leichte Muse war kurzsichtig.«

Bequem? Hatte die eine Ahnung. Diese biedere Trutsche, glaubt, sie hätte Kunstverstand, weil sie das Feuilleton vom *Tagesspiegel* liest.

Immerhin wurde Harriet im zweiten Jahr ihres Engagements am Friedrichstadtpalast befördert. Seither ist sie nicht nur die Pudelkacka-Aufsicht, sondern gibt parallel das Double für die gedrungene Sängerin aus Estland, die sich wegen ihrer Höhenangst weigert, im Trapez in den Bühnenhimmel zu entschweben. Diese

Auswechslung kriegt das Publikum nicht mit, denn in dem Kostüm erkennt man sowieso niemanden, ein fliegendes Riesensperma mit einem blinkenden Kreuz auf der Brust. Und dazu die Stimme der Estin aus der Gasse, verstärkt via Soundsystem.

Trotzdem, jedes Mal, wenn Harriet an der monströsen Discokugel vorbei und über die Zuschauer hinwegschwebt, weiß sie wieder, warum sie zur Bühne wollte. Die Discokugel steht für all das, was Harriet sein will, der unumstrittene Mittelpunkt. Niemand würde eine Discokugel zweite Reihe rechts außen platzieren. Das kalte Scheinwerferlicht, das sich in ihr bricht und 1000-farbig brillant funkelnd zurückschießt, hat nichts Miefiges, nichts Erbärmliches. Es ist verwandelt zu göttlichem Glanz. Genau so will Harriet sein, so verwandelt, so imposant und so funkelnd wie die Discokugel des Friedrichstadtpalastes.

Dafür muss sie jede Chance nutzen. Daran hatte sie Bea, die geheimnisvolle Frau aus der Arztpraxis, erinnert. »Haben Sie schon mal überlegt, das Problem aktiv anzugehen?«, hatte sie gefragt.

Warum nicht? Beas Strategie ist allemal erfolgversprechender als jedwede Behandlung eines Kassen-Therapeuten.

»Und wie erreiche ich mein Ziel, wenn mir andere pausenlos im Weg stehen?«, hatte Harriet Bea beim Thoben gefragt.

»Sie müssen sich mit Ihrer Aggression auseinandersetzen. Der Blick in den Abgrund mag gefährlich sein, ist aber erhellend.«

Harriets Wunsch, Pudeldame Paulette das Arschloch zu stopfen, wollte Bea trotzdem nicht gutheißen. »Damit machen Sie sich nur Ihren Arbeitsplatz kaputt, und das arme Viech kann doch nichts dafür, dass es so doof ist.«

Als Alternative schlug Harriet vor, die Estin auszusortieren, aber Bea meinte, Frauen sollten sich nicht gegenseitig attackieren.

In ihrem Verlangen, irgendjemandem zu schaden, schlug Harriet schließlich den Kunstradfahrer vor, der im zweiten Teil, nach der Pause, zwischen den Pudeln seine Tricks vorführt und der sich immer über sie lustig macht. Bea lehnte abermals ab, der sei schließlich geschlagen genug. Ein erwachsener Mann, nur 1,60 groß, der den lieben langen Tag Turnübungen auf einem Fahrrad vollführt, also bitte!! »Sie müssen schon rauskriegen, wer oder was die Ursache Ihrer Not ist, und nicht wahllos um sich schlagen.«

»Aber da gibt es so viel, als hätte sich das Schicksal gegen mich verschworen.«

»Von Verschwörungsklimbim halte ich nichts.«

»Niemand gibt mir eine Chance.«

»Sie stehen sich selbst im Weg. Reine Selbstblockade. Ohne Zielvorstellung kein Erfolg. Was ist Ihr Ziel?«

»Discokugel«, brach es aus Harriet hervor.

»Wer hindert Sie daran?«

»Es lässt mich keiner ...«

»Falsch. Noch mal: Wer hindert Sie daran, Ihr Ziel zu erreichen?«

»Ich ...«

»Richtig. Sie selbst!«

Beas Appell beim Thoben hat Harriet elektrisiert. Es tat gut, Beas Klarheit einzusaugen. Bea hatte ja recht. Unternimm was! Weg mit der Larmoyanz. Weg mit ›Ich werde nie etwas Großes zustande bringen, weil man mich nicht lässt.‹ Stattdessen: ›Ich bin eine herausragende Künstlerin und habe super Titten.‹ Harriet hat zwar immer noch keinen blassen Schimmer, wo genau sie jetzt angreifen soll, aber dieses neue Ich ist schon mal nicht schlecht. Nicht mehr auf Weihnachtsfeiern des DGB rumtanzen, nicht mehr für Telenovelas und Porno-Synchron vorsprechen, sondern sich öffnen für ganz neue Optionen.

Das seriöse Fach kommt für Harriet eh nicht mehr in Frage. Das hat sie längst kapiert und abgehakt. Beim Berliner Ensemble gegenüber vom Friedrichstadtpalast hatte sie's versucht. Aber das war noch das alte Ich gewesen, das brav und blöd schon beim Pförtner gescheitert war. Dieser hatte nur müde gelächelt, als sie bat, ihre Bewerbung dem Intendanten weiterzureichen: »Mädel, wo bist du her? Friedrichstadtpalast? Und da willste bei uns vorsprechen? Dich nimmt doch hier keener für voll bei die Hochkultur.«

Hätte sie damals nicht sofort aufgegeben, sondern sich irgendwas überlegt, um am Pförtner vorbeizukommen, wäre sie jetzt ein ernstzunehmender Bühnenstar, den ihre Eltern und alle anderen bewunderten.

Harriet hat Bea und ihre Geschäftspartnerin zur Vorstellung in den Friedrichstadtpalast eingeladen. Bea bestand darauf, den vollen Preis zu zahlen. Keine Vergünstigung. Schnaps ist Schnaps, und Bier ist Bier. »Ihr Künstler müsst doch auch leben!«

Jetzt versucht Harriet, am Pult des Inspizienten auf einem der Bildschirme, die den Zuschauerraum einfangen, Bea zu entdecken. Da ist sie. Doch, ja, Harriet ist sich sicher. Parkett rechts, Zugang C, Reihe 13, Sitz 4.

»Aufpassen, K-Debakel!«, herrscht sie der Kunstradfahrer an und schubst Harriet zur Seite, »mach deinen Job, und räum die Kacke weg!«

Spielt sich auf, als wäre er die Weltsensation aus Vegas, dieser Gymnastikzwerg auf zwei Rädern!

Gerade bilden die Muskelmänner auf der Bühne einen Turm. Das Gebilde sieht aus wie ein Phallus, weil der Kleine an der Spitze eine Glatze hat. Harriet sieht, wie Beas Gesicht aufleuchtet. Die Nummer scheint ihr zu gefallen. Die Frau neben ihr, die von dem Herrn davor halb verdeckt wird, ob das die ominöse Geschäftspartnerin von Bea ist, die, die man nie zu Gesicht bekommt?

Je mehr die Akrobaten die Muskeln spielen lassen und je knapper ihre Muschel-Tangas ausfallen, desto überschwänglicher die Reaktionen auf den Rängen.

Manche von Harriets Kollegen treten in Clubs als Vortänzer auf. Die Jungs auch gerne in einschlägigen Schwulenkneipen. Sie wissen, dass die Karriere nicht ewig dauert, da muss man bei Zeiten abgreifen, was geht.

Selbst Harriet wurde mal von zwei russischen Compagniegirls auf eine Privatparty in Pankow mitgenommen. Sie hatten der Ankleiderin 50 Euro zugesteckt und dafür die Kostüme der großen Treppennummer ›ausgeliehen‹, samt Overknee-Stiefeln und roten Lederhandschuhen, um in voller Montur die Beine zu schwingen, während der Pankower Gastgeber auf seinem Sofa saß, Salamidrops von Lindner fraß und im Takt klatschte. Anfassen wollte er die Mädchen nicht, nur gucken und staunen, die Vision nicht beschmutzen. Die Girls vom Friedrichstadtpalast. Mit denen sei er schließlich aufgewachsen. Das DDR-Fernsehballett. *Ein Kessel Buntes*. Helga Hahnemann und das 40-köpfige Ensemble.

Idiot. Der hatte wohl nicht mitgekriegt, dass die Tänzerinnen inzwischen nur noch dritte Liga sind und selten das Gardemaß erreichen. Die Zeiten der Hochsubvention sind vorbei, und Berlin ist nicht Vegas.

Aber beschwert hat sich Harriet natürlich nicht. 500 Euro gab's pro Nase. Die beiden Russinnen durften wiederkommen.

Harriet nicht.

15

Wow. Bea ist begeistert. So viel Glitzer, so viel Überfluss! Und jetzt auch noch die knackigen Jungs. Irene dagegen fragt sich, wie lange der Quatsch noch dauert. Sie toleriert Beas kindliche Begeisterung für Kitsch und Trash. Ein Einhorn im Regenbogenland hängt über Beas Bett, gleich neben dem Filmplakat von *Titanic*, ihrem absoluten Lieblingsfilm. Bea kann jede Zeile mitsprechen. Niemand, den sie damit nicht zu beeindrucken versucht. Und so wie Beas Heldin Rose zwar den ›König der Welt‹ dem Eismeer überlassen muss, letzten Endes aber das kostbarste Juwel aller Zeiten aus der Jackentasche zieht, so ist Bea davon überzeugt, dass das Leben auch für jemanden wie sie eine bunte Belohnung bereithält. Und wer wie Bea an Einhörner und Celine Dion glaubt, der ist hier, im Friedrichstadtpalast, richtig.

Sich einmal die Woche was gönnen: Kino, Italiener, Fußpflege oder eben das hier, so die Verabredung. Den vergangenen Monat haben Irene und Bea nach allen Abzügen 3450 Euro erwirtschaftet. Die eine Hälfte geht in so profane Dinge wie Wohnung und Essen, Strom und Telefon. Die andere Hälfte wird zurückgelegt und zur Sparkasse gebracht. Bea hat online ein Tagesgeldkonto eingerichtet. »Alles andere ist Schnickschnack«, ist sie überzeugt, »die paar Kröten überprüft niemand, und man hat nicht ständig einen Berater an der Backe! Auf der Bank ist es allemal sicherer als zwischen den Socken, in der Mikrowelle oder unter der Matratze. Die Stadt ist voll von Kriminellen ...«, sie stutzt, »oh, da gehören wir wohl auch zu ...«

Irene nickt.

»Es gibt ja auch edle Kriminelle. Und im Film sind die Bösen immer die interessanteren Typen.«

Gespart wird für ihren gemeinsamen Traum. Also eigentlich ist es Irenes Traum: ein eigener Dessousladen, ein richtig schöner und stilvoller. »Da will ich auf jeden Fall mitmachen.«

»Natürlich bist du dabei«, sagt Irene, »aber hast du denn keinen eigenen Traum, den du dir erfüllen möchtest?«

»Hm ...«, überlegt Bea. »Es gibt Leute, die sind Anführer, und andere, die sind Mitmacher. Du bist eine Anführerin, Irene. Aber stell dir vor, es gäbe nur Anführer. Wie soll das gehen? Was bitte sollen die Anführer anführen, wenn es keine Mitmacher gäbe?«

»Mach dich doch nicht kleiner, als du bist!«

»In der Vergangenheit bin ich zu passiv gewesen«, gesteht Bea. »Eigentlich ist das ja nichts Schlimmes, es fällt mir auch gar nicht schwer, mich anzupassen, ich lasse mich gerne mitreißen. Aber du hast recht, es gibt Momente, da könnte ich mir durchaus vorstellen, auch mal ein Anführer zu sein.«

»Du musst deine eigene Anführerin sein.«

»Genau. Das mache ich jetzt, ich werde meine eigene Anführerin sein, und deswegen beschließe ich, dass ich deine Idee spitze finde und mitmache. Toll, Irene! Wie du mir hilfst, die richtige Entscheidung zu treffen. Danke.«

Die Idee eines gemeinsamen Dessousladens begeistert Bea mehr und mehr. Sie malt sich aus, wie sie von Herbert nach Feierabend dort abgeholt wird, wie die neuen Kollektionen eintreffen und sie all die schönen Sachen vor allen anderen entdecken und ausprobieren kann, wie man sie am besten arrangiert und präsentiert. Schachteln auspacken und dekorieren. Das wäre wie jeden Tag Weihnachten.

16

Der Friedrichstadtpalast klatscht im Takt. Auftritt Pudeldame Paulette, zweite Runde.

Der Inspizient gibt das Zeichen. Harriet verpasst dem Pudel einen Tritt, und mit einem Satz fliegt der Köter auf die Bühne, schliddert gleich weiter bis zum Podest. Geht doch! Harriet blickt in den Zuschauerraum. Bea und ihre Freundin sind von hier nicht auszumachen.

»So ein hübsches Ding. Und so viel kriminelle Energie«, hatte ihr Bea geschmeichelt. Und dennoch wollte Bea keine ihrer Rachefantasien unterstützen.

»Wieso denn nicht?«, insistierte Harriet.

»Kindchen, das haben Sie gar nicht nötig. Glauben Sie mir. Es tut mir leid, dass ich Ihnen offenbar Hoffnung gemacht und von unseren Möglichkeiten erzählt habe.«

Das hätte Bea gar nicht tun müssen – von ihren ›Möglichkeiten‹ erzählen. Harriet wusste längst Bescheid. Sie hatte Bea ja bei ihren letzten Akquirierungsrunden in der Praxis Dr. Schnaller und anschließend bei Thoben belauscht, als Bea dabei war, andere Patientinnen anzuwerben.

Harriet kochte vor Wut, weil Bea ihr nicht helfen wollte. Von wegen Solidarität unter Frauen. Drauf geschissen. Nun, da musste Harriet sich halt umorientieren.

Bea war ihr sympathisch. Sehr. Und Harriet wollte ihr nicht schaden. Aber wer nicht will, der hat schon.

Was blieb Harriet also anderes übrig, als sich weiter umzuhören, wenn sie mit ihrer Sache vorankommen wollte. Und so war sie bei *Revanche de la Femme* gelandet.

Vergangene Woche hatte sich Harriet den Magen verdorben. Im Vapiano am Potsdamer Platz. Als sie den Kopf vom Toilettenrand hob, fiel ihr Blick auf einen an die Wand geklebten Flyer: ›*Revanche de la Femme!* Befriedigende Rache-Konzepte für Damen. Feminin, fies und nachhaltig.‹

Harriet hatte sofort Kontakt aufgenommen. Schnell war klar, dass sie den Stundensatz der Agentur nicht ansatzweise würde zahlen können, Harriet war verzweifelt. Sie musste irgendwas anderes in den Ring werfen. Sie konnte nicht schon wieder klein beigeben. Nur – was hatte sie zu bieten? Nichts.

Außer internes Wissen über die Konkurrenz der *Revanche*-Damen: Bea und ihren Service. Die *Revanche*-Damen waren sofort angefixt, wollten alles über die unbekannte Konkurrenz herauskriegen, setzten Harriet unter Druck, als Köder zu fungieren. Jetzt muss Harriet liefern.

Sie hat für Irene und Bea eine Nachricht an der Abendkasse hinterlassen: ›Wir müssen uns sehen. Bitte!! Treffen nach der Vorstellung?!‹

17

Der alte Mann am Tisch neben Bea und Harriet, der das Ganymed erst später betreten hat, wird vor ihnen bedient.

»Das ist der Chef«, flüstert Harriet.

»Welcher Chef?«

»Der vom Berliner Ensemble. Aber bald nicht mehr. Dann kommt ein Neuer.«

»Ach so.«

»Da hab ich mal vorgesprochen, bin aber schon am Pförtner gescheitert.«

»Sie haben dem Pförtner vorgesprochen?«

»Ich fürchte schon.«

»Sie verkaufen sich zu billig, Kindchen.«

Niemand lässt sich gerne als Versager bezeichnen, erst recht nicht jemand, der sich durch und durch als Versager fühlt. Harriet schluckt und starrt durch das bodentiefe Fenster hinaus auf die Straße. Vor dem Geländer zur Spree meint sie, Beas Sitznachbarin aus dem Zuschauerraum zu erkennen, die ominöse Geschäftspartnerin. »Warum ist Ihre Freundin nicht mitgekommen?«, fragt sie.

»Sie ist nicht so 'ne Nachteule. Aber der Abend hat ihr gefallen.«

»Freut mich, dass Sie in der Vorstellung waren«, sagt Harriet und nippt an ihrem Tee. Frische Pfefferminze.

»Und mich erst. Toll war's«, schwärmt Bea, »die Pudel-Nummer. Herrlich. Und als die Mädchen im Gleichschritt die Treppe runter sind, hab ich auch die Beine geschmissen. Im Kleinen natürlich. Mehr Platz hat man da ja nicht. Und Schätzchen, Sie haben viel mehr Präsenz als die dicke Sängerin. Die brauchen Sie gar nicht anfahren zu lassen. Die erledigt sich von selbst.« Bea lehnt sich über den Tisch: »Warum wollten Sie mich treffen, Harriet? Denn – um es gleich vorwegzunehmen – wir werden Sie wirklich nicht in unsere Kundenkartei aufnehmen. Wir sind der festen Überzeugung: Sie schaffen das alleine. Sie setzen sich durch, ohne Gewalt. Sie sind talentiert! Vielleicht nicht für die erste Reihe Friedrichstadtpalast, da fehlen Ihnen ein paar Zentimeter. Dann halt das Fernsehballett. Im Fernsehen wirkt man automatisch größer. Tom Cruise soll ein Zwerg sein. Oder Sie machen *Let's Dance*. Dann lernen Sie viele Promis kennen.«

Harriets Blick schweift unsicher zum Tresen. Ganz am Ende sitzt eine der *Revanche*-Damen. Die dürre Schnepfe spielt mit ihrem iPhone. Sicher macht die ein Foto nach dem anderen. Harriet konnte den dreien – quasi als Anzahlung – Beas Karte mit der E-Mail-Adresse geben, und jetzt hat Harriet sie mit diesem Treffen auch noch hierhergelockt und die drei *Revanche*-Damen persönlich an Beas Fersen geklebt.

Nachdem Harriet den Flyer der *Revanche*-Agentur auf dem Klo vom Vapiano entdeckt hatte, wählte sie die Nummer und vereinbarte ein Kennenlernen. Das Treffen fand auf der Blauen Brücke überm Stadtring unweit des Eisstadions statt. Die Gesichter der drei Frauen konnte Harriet nicht wirklich erkennen. Es war bereits dunkel, und sie trugen Mütze und Brille.

»Rache ist Seelenhygiene«, dozierte die Anführerin der drei, »die Rächerin befreit sich aus ihrer vermeintlichen Opferrolle und zieht klare moralische Grenzen. So wird der Gerechtigkeitssinn befriedigt und das Selbstwertgefühl wiederhergestellt. Es ist wissenschaftlich belegt, dass diejenigen, die keine Rache nehmen, mehr Wut empfinden als diejenigen, die sie ausleben!« Die drei Frauen fragten nicht nach Harriets Motivation, zeigten sich aber sofort bereit – sofern das Geld stimmte –, wen auch immer aus dem Weg zu räumen.

Jetzt kommt Harriet aus der Nummer nicht mehr raus. Sie muss an ihre Mutter denken und ihren Vorwurf, zu törichten Entscheidungen zu neigen. Harriet hasst es, wenn ihre Mutter recht hat.

Sie legt 10 Euro auf den Tisch und schiebt Bea, wie die drei *Revanche*-Damen ihr aufgetragen haben, einen altmodisch versiegelten Umschlag rüber.

»Das ist für Sie.« Damit steht Harriet auf und verlässt, ohne sich noch einmal umzudrehen, das Lokal.

18

Wir wissen, wer Sie sind! Kommen Sie morgen um Mitternacht zum Parkplatz vorm Olympiastadion.

Die Notiz liegt vor Irene und Bea auf dem Küchentisch. Das Siegelwachs ist gebrochen, der Umschlag unbeschriftet. Keine weiteren Hinweise.

»Ist man dir gefolgt?«, fragt Irene.

»Oh Gott, ich weiß nicht. Meinst du?«

Die Wohnungsklingel schrillt. Einmal. Zweimal. Gefolgt von einem energischen Klopfen.

Erschreckt fahren Irene und Bea hoch. Mit einem Satz ist Irene an der Tür und reißt sie auf. »Dich hatte ich komplett vergessen!«, atmet sie erleichtert aus.

Es ist Heidi, ihre Zellennachbarin, die mit einem großen Blumenstrauß vor ihnen steht.

»Hallo, Heidi, schön dich zu sehen! Komm rein.« Bea nimmt Heidi Blumen und Tasche ab.

»Ihr guckt wie zwei Hühner, wenn's donnert«, keucht Heidi, noch völlig außer Puste vom Treppensteigen, »ist was passiert?«

»Wir sitzen in der Scheiße«, sagt Irene, »aber du kommst wie gerufen!«

19

Kurz nach Mitternacht. Das Olympiastadion wirft lange Schatten. Der Wind rauscht durch die gewaltige Krone der alten Eiche unter den olympischen Ringen neben dem Haupteingang. Rund um den Olympischen Platz peitschen die Zugseile gegen die Fahnenmaste. Niemand da außer Bea und Heidi. Der riesige Platz ist menschenleer. An seinem unteren Ende, kurz vorm Friedhof, wartet Irene im Polo.

»Die Perücke juckt«, mosert Heidi.

»Tarnung ist wichtig.« Bea, die sonst lieber die Mitmacherin ist, mutiert an der Seite von Heidi zur Anführerin.

»Darf ich wenigstens die Sonnenbrille abnehmen? Ist doch stockdunkel.«

»Nein.«

»Auf wen warten wir?«

»Wenn ich das wüsste.«

»Und was wollen die, auf die wir warten?«

»Keine Ahnung.«

Das ist nicht mal gelogen. Irene und Bea haben beschlossen, Heidi außen vor zu lassen. Heidi ist vertrauenswürdig, aber eben nicht die hellste Kerze auf der Torte. »Egal, seine Familie kann man sich schließlich nicht aussuchen.« Bea war überrascht gewesen, dass Irene Heidi zur Familie zählte, aber das sprach mal wieder für Irenes treue Seele. »Man kann alles Mögliche über Heidi sagen, aber Heidi lässt uns nicht hängen. Was sich im Knast bewährt, das hält.«

Für die ersten Wochen in Freiheit haben Irene und Bea Heidi Asyl gewährt. Sie fühlen sich schlecht, denn sie nutzen sie als Strohmann, damit Irene unerkannt im Hintergrund bleiben kann. Sie hoffen, dass die Gegenseite Irene noch nicht zu Gesicht gekriegt hat.

Und das soll so bleiben. Falsche Fährten legen, so ihr Plan, stets einen Schritt voraus sein bzw. noch was in der Hinterhand haben. Heidi ist zwar 20 Jahre jünger als Irene und zappelig wie ein kleines Mädchen, das nötig aufs Klo muss, aber solange sie den Mund nicht aufmacht, kann sie ja keinen Schaden anrichten.

»Ist doch alles legal hier, oder?«, fragt Heidi. »Ihr wisst schon, dass ich auf Bewährung bin?! Ich darf nicht auffallen.«

»Deswegen ja die Tarnung!«

»Wir haben es hier aber nicht mit Kriminellen zu tun, oder?«

»Wir sind im West-End – guck dir die fetten Villen an – hier ist jeder ein Krimineller.«

In diesem Moment brettern drei Motorräder heran und umkreisen Bea und Heidi. Laub wirbelt auf, es staubt, dröhnt und stinkt nach verbranntem Reifengummi, Bea und Heidi erkennen keine Gesichter. Nichts. Aber eindeutig Frauen.

Eine der Fahrerinnen bremst und drückt Bea ein Handy in die Hand. Die drei jagen die Motoren hoch, Fehlzündungen knallen wie Kanonendonner, und sie fegen davon, so schnell, wie sie gekommen sind.

20

Das Handy klingelt. Irene und Bea haben kein Auge zugetan. Heidi pennt noch. »Wer schläft, sündigt nicht!«, kommentiert Bea.

»Wer zuvor sündigt, schläft besser«, kontert Irene.

Die beiden sind schon früh raus zum Spazieren. Über den Teltowkanal rüber zu Rabien, auf ein Stück Baumkuchen. Für die Nerven. Aber Rabien macht erst um 9 Uhr auf. »Wenn ich nicht sofort was Süßes kriege«, schimpft Bea, »geh ich ein wie 'ne Primel.« Also ziehen sie weiter zum Lottoladen an der Ecke, als das Handy klingelt.

Bea drückt den grünen Hörer, dann auf Lautsprecher: »Ja?«

»Entschuldigen Sie die morgendliche Störung, aber der frühe Vogel ... Sie wissen schon.« Eine Stimme, die Aufmerksamkeit geriert. Gelassen, etwas gedehnt, nicht hektisch, eine selbstbewusste Frau, die gewohnt ist, klare Ansagen zu machen.

»Was wollen Sie?«, fragt Bea.

»Wir sind Fans Ihrer Kunstfertigkeit und würden Sie gerne näher kennenlernen.«

»Warum?«

»Um mögliche Synergien zu diskutieren.«

»Bitte was?«

»Um künftigen Überschneidungen aus dem Weg zu gehen.«

Bea stockt und schaut fragend zu Irene.

»Um über Chancen, Mehrwert und Tragfähigkeit einer Kooperation nachzudenken. Eine Allianz mit optimiertem Firmenprofil«, insistiert die Stimme.

Irene schüttelt energisch den Kopf, und Bea antwortet: »Vielen Dank, aber wir haben kein Interesse an einer Zusammenarbeit.«

Die Person am anderen Ende scheint überrascht: »Das wäre unklug!«

»Unsere Firmenphilosophie sagt: Wir sind und bleiben ein Kleinunternehmen«, erklärt Bea.

»Fakt ist, wir wissen, wer Sie sind.«

»Ach ja?«

»Zehnmal Fahrerflucht allein im September/Oktober. Immer im Südwesten Berlins. Das Muster ist erkennbar. Kunstvoll ausgeführt und kreativ in der Anlage. In der Folge haben Sie sich professionalisiert. Gratulation. Wie auch immer. Wir haben Fotos von Ihnen und kennen Ihr Revier. Eins und eins zusammenzuzählen ist dann nicht mehr schwer. Diese Informationen können wir natürlich jederzeit weitergeben. Das wäre nicht zu Ihrem Vorteil. Im Sinne der friedlichen Koexistenz möchten wir auf ein Treffen drängen. Eine Einladung, die Sie nicht ausschlagen sollten. Morgen Mittag, 14 Uhr, Dreilinden, am ehemaligen Checkpoint.«

Leitung tot.

Bea und Irene blicken sich ratlos an. »Meinst du wirklich, die wissen, wer wir sind?«, fragt Bea.

»Ich weiß nicht. Vermutlich haben sie dich nach dem Friedrichstadtpalast zusammen mit Harriet in dem Lokal am Schiffbauerdamm gesehen, wissen also, wie du aussiehst. Aber wenn sie dich nach Hause verfolgt hätten, Namen und Anschrift wüssten, dann würden sie schon bei uns vor der Wohnung stehen.«

»Harriet war ein Fehlgriff«, gesteht Bea.

»Sobald es glitzert, lässt du dich einlullen.«

»Tut mir leid.«

»Wozu machen wir denn unseren Zehn-Punkte-Plan, wenn wir uns nicht dran halten?«

»Ich weiß.«

»So kommen wir nie auf'n grünen Zweig. Unsere Zielkundschaft sind Frauen aus Lankwitz und keine Showgirls aus Mitte oder männliche Fernsehansager im Rock.«

»Harriet bin ich in die Falle gegangen, aber Thomas würde nie etwas gegen uns unternehmen.«

»Das haste bei der Tanzmaus auch gedacht.«

»Die können mich mal. Ich geh nicht wieder in' Knast.« Bea steckt das Handy zurück in die Tasche.

»Fassen wir mal zusammen«, konstatiert Irene. »Da gibt es ein paar Damen, die meinen, dass wir ihnen ins Gehege kommen, weil sie offenbar eine ähnliche Masche fahren. Harriet weiß nichts, aber genug, um sie auf unsere Fährte gesetzt zu haben. Wenn du eine Idee hast, wonach du suchst, ist es nicht schwer, Polizeiberichte daraufhin zu checken.«

»Vielleicht hören die einfach wieder auf damit«,

hofft Bea. »Wir müssen da ja morgen nicht hin, nur weil die uns einladen. Man wird nie umsonst eingeladen. Am Ende zahlt man immer drauf. Wir werfen das Handy weg und fertig.«

»Aussitzen. Das ist eine Möglichkeit. Aber damit hab ich kein gutes Gefühl.« Irenes Ton bleibt ruhig: »Dann hocken wir tagelang rum und warten, was als Nächstes passiert. Kriegen jedes Mal einen Schreck, wenn die Türglocke läutet oder jemand auf'm Motorrad vorbeibrettert. In Angst leben kommt nicht in Frage. Ich will nicht gegängelt werden, mich einschüchtern lassen. Nie mehr.«

»Aber was dann?« Irene steht auf. »Ich will wissen, mit wem ich es zu tun habe, ich will agieren! Nicht reagieren!«

Bea ist beeindruckt von Irenes Entschlossenheit: »Das heißt?«

»Willst du Frieden, rüste zum Krieg!«

21

»Wir bringen niemanden um«, sagt Bea, als sich der SUV in die Kurve legt und die Ausfahrt Kleinmachnow nimmt, vorbei am Grenzerhäuschen Richtung DHL-Zentrale. Das Sonnenlicht sticht durch die Seitenfenster und reflektiert im blonden Haar der Frau am Steuer. Klassischer Schnitt, perfekt geföhnt, sicher teuer.

»Das ist ja nur der halbe Spaß«, sagt die Blonde. Sie trägt eine weiße Tunika, schlicht, aber elegant, dazu einen weinroten Seidenschal, die Ärmel aufgekrempelt, Ehering aus Platin. Ihr Look strahlt etwas Verschwenderisches aus.

Bea legt ihre Anspannung in ein schiefes Lächeln.

»Sie haben Ihr Ziel erreicht«, tönt das Navi.

Der SUV bremst auf Schritttempo ab und steuert auf den Kreisverkehr hinterm McDonald's zu. Ein menschenleerer Industriepark. Es ist Sonntag. Die beiden anderen *Revanche*-Damen, die den SUV auf ihren Motorrädern eskortieren, drehen noch eine Runde, um sicherzugehen, dass ihnen niemand folgt.

Bea und Heidi waren bereits ein paar Kilometer vorher am Checkpoint Dreilinden in den SUV geklettert. Zuvor wurden sie gefilzt.

»Kleine Leibesvisitation.«

»Was glauben Sie denn zu finden?« Bea hatte Mühe, die Aufregung in ihrer Stimme zu verbergen.

»Unerwünschte Mitbringsel«, parierte die Blonde, die sich als Charlotte vorstellte und ihre Jackentaschen abklopfte. Wie Sicherheitsleute am Flughafen – als hätten Bea und Heidi Waffen oder Mikros versteckt.

»Unser erstes Treffen war vielleicht ein wenig zu action-lastig«, sagte Charlotte, während sie Beas Rücken abtastete und über ihren Pullover strich, »wobei, ein wenig Theatralik würzt das Leben, finden Sie nicht?« Charlotte öffnete die hinteren Türen des SUV und bedeutete Bea und Heidi einzusteigen. »Freut mich jedenfalls, dass wir uns heute mit offenem Visier begegnen.«

Jetzt drückt sich Bea nervös in den Ledersitz und wünscht, Irene wäre da. Stattdessen hockt Heidi neben ihr auf der Rückbank.

Heidi soll wieder als Irene auftreten, wie schon vorm Olympiastadion. Ihr Part: souverän schweigen. Irene selbst will unbemerkt im Polo folgen und das Geschehen observieren. Bevor sie sich an der Tanke auf der Spinnerbrücke von Bea und Heidi getrennt hat, mahnte Irene: »Achtet auf jedes noch so kleine Detail. Alles ist wichtig.«

Der SUV kommt am Industriepark in Kleinmachnow zum Stehen, Charlotte steigt aus und öffnet die Heckklappe. Kraftvoll hievt sie etwas Schweres aus der Tiefe des Kofferraums und macht sich an dem Laken darüber zu schaffen.

Heidi folgt, aber ein scharfer Blick von Bea stoppt sie.

Erst mal abwarten.

Das Häkelschweinchen, das Bea als Glücksbringer in der Manteltasche hat, scheint vor Aufregung zu zittern. Bea umfasst und quetscht es wie andere ihren Anti-Stress-Ball. Sie versucht, sich zu konzentrieren, und umklammert das Schwein mit so viel Kraft wie Leonardo DiCaprio die Reling, kurz bevor sich die Titanic senkrecht aufrichtet und kopfüber versinkt.

Einem Zauberkünstler gleich zieht Charlotte das Laken weg.

»Et voilà!«

Zum Vorschein kommt ein reich gefüllter Picknickkorb. Cremant Rosé inklusive fünf Sektkelchen, Weintrauben, Petits Fours und Krabbensalat. »Der gute von Lindner«, schwärmt Charlotte, »den könnte ich intravenös zu mir nehmen! Stoßen wir an.«

Es ist kühl, aber Charlotte scheint in ihrer Tunika nicht zu frieren. Ihr Teint ist leicht gebräunt, sieht echt aus, nicht nach Solarium. Und dazu sattroter Nagellack. Toller Kontrast. Bea ist beeindruckt.

»Zum Wohl!«

Der Alkohol lockert Beas Anspannung. Das hier ist eindeutig keine Falle, denkt sie. Die drei Damen sind viel freundlicher und zugänglicher als erwartet. Und ganz offensichtlich wohlhabend. Bea hat ein Faible für die High Society. Und die Ladys hier, die sind ein bisschen wie *Gala* in echt, nur in lokal. So elegant wie Charlotte das Glas hebt, besteht ihr Leben sicher aus nichts anderem als aus Events, Shopping und Arschlöcher-übern-Haufen-Fahren.

Heidi dagegen nippt an ihrem Cremant und mustert Charlotte. Heuchlerin, denkt sie. Die möchte ein Weimaraner sein, wesensfest und führungsstark, ist aber höchstens ein Irish Terrier. Wenn's drauf ankommt, kneift die den Schwanz ein. Ganz sicher.

Heidi kennt sich aus mit Kläffern aller Art. Ihr Vater führt eine Hundeschule.

Die beiden anderen Frauen parken ihre Motorräder auf der Einfahrt zu einem Fuhrpark voller Nutzfahrzeuge: Bagger, Walzmaschinen, Planierraupen. An diesen Monstern hätte Irene sicher ihre Freude, denkt Bea, damit könnte sie ordentlich aufräumen.

Sämtliche Grünstreifen rings um den Kreisverkehr sind aufgewühlt. Bestimmt Wildschweine.

Charlotte stellt ihre Kolleginnen als Steffi und Petra vor.

Steffi, ein Mondgesicht, deren rosige Wangen mit geplatzten Äderchen übersät sind. Das kennt Bea, darunter leidet sie selbst. Im Knast hat sie sich Masken aus Magerquark und schwarzem Tee angerührt. Als Fachfrau für Hautrötungen hat sie mindestens so viel Expertise wie Irene mit ihren BHs. Und Hut ab, diese

Steffi macht das mit dem Überschminken gar nicht mal schlecht. Na ja, keine Kunst, die sieht aus, als ob sie genug Zeit und Kohle hätte, zweimal die Woche zur Kosmetikerin zu rennen. Außerdem ist die gut zu schminken mit ihrem prallen Teint. Das ist der Vorteil, wenn man dick ist. Dafür sitzt der Motorradanzug wie zu viel Wurst in zu wenig Pelle.

»Es freut mich wahnsinnig, euch endlich kennenzulernen«, sagt Steffi. Es klingt ehrlich, aber Bea weiß, das hat nichts zu bedeuten. Frauen sind hervorragende Lügnerinnen. Und dicke Frauen erst recht. Sich selbst zu belügen, haben sie jahrelang trainiert, indem sie sich tagtäglich schönreden, wie viele Kalorien sie heute schon wieder in sich hineingestopft haben.

Die andere dagegen, Petra, ist hager wie ein Zahnstocher. Kurze dunkle Haare mit ein paar störrischen Wirbeln. Eilfertig huschelt sie um Charlotte herum.

Heidi kategorisiert Steffi und Petra als Mops und Pinscher, die hinter ihrem Leithund herdackeln. Wie erbärmlich, denkt sie. Und überhaupt, was soll dieses alberne Agenten-Getue – mitten in der Kleinmachnower Pampa?

Charlotte langt in ihre Handtasche. »Rauchen Sie? Hier.«

Bea greift zu. Im Knast rauchte Bea nur filterlose, mittlerweile Marlboro Lights. Charlotte offeriert American Spirit. »Sie will ich ja nicht vergiften.«

Heidi ist kurz versucht, auch zuzugreifen, obwohl sie nur selten raucht und es hinterher jedes Mal bereut. Wie früher auf dem Schulhof, wo man mitrauchen musste, um dazuzugehören. Sie unterdrückt den Impuls und kostet stattdessen den Krabbensalat.

»Würde auch so gerne«, klagt die dürre Petra, die neben sie tritt, »aber geht bei mir leider gar nicht. Fette Kost und alles mit Histamin sind ein absolutes ›No Go‹.«

Typisch nervöse Kleintöle, denkt Heidi, die schnappen bei jeder Lappalie über und kotzen dann das Futter vor Aufregung gleich wieder aus – und nimmt milde lächelnd noch ein Töpfchen vom Krabbensalat.

»Au weia, Sie Arme!«, schaltet sich Bea ein.

»Aber ich habe endlich jemanden gefunden, der mir helfen kann. Eine Koryphäe«, sagt Petra und legt ihren Motorradhelm neben den Picknickkorb.

Heidi schnappt sich eine Weintraube und murmelt: »Was lässt du dich denn so einlullen?«

»Wieso denn einlullen?« Bea schüttelt den Kopf. »Spinnst du?«

»Kaum serviert man dir Alkohol, wirst du schwach. Ich dachte, wir sollen die Tanten auschecken und uns nicht gemein mit ihnen machen.«

»Ja, aber die sind ja ganz anders ...«

»Irene kraucht irgendwo in der Deckung rum, und du machst hier Barbecue mit dem Feind.«

»Und du sollst sowieso nicht reden, schon vergessen?«

»Mein ja nur.«

»Alles fein bei euch?«, ruft Charlotte. »Ach, und entschuldigt, aber wir duzen uns, oder? Ist doch einfacher!«

»Klar. Ich bin Bea.« Sie streckt die Hand aus. »Und das ist, äh, Irene.«

Heidi lächelt sparsam.

»Vielleicht sollten wir unser Anliegen kurz umreißen?« Charlotte schenkt nach. »Wir haben unsere Agentur gegründet, weil wir eine Dienstleistung dieser Art lange genug selbst vermisst haben. Ein eklatantes Angebotsdefizit, aber das habt ihr ja sicher auch festgestellt.«

Bea nickt.

»Wir bewundern eure Präzision«, schmeichelt Mondgesicht Steffi, »wie ihr mit einfachen Mitteln überzeugt.«

»Danke, aber wir sind ja eigentlich nur so eine Art Ich-AG«, erwidert Bea.

»Nicht so bescheiden«, lobt Charlotte. »Kommt ihr denn finanziell über die Runden? In unserer Branche geht es schließlich darum, Kohle zu machen. Und so zahlungskräftig ist eure Kundschaft ja nicht, da in Lankwitz.«

»Wir kommen zurecht.«

»Wer von euch beiden sitzt denn am Steuer?« Bea zeigt auf Heidi und fragt, um gleich wieder von Heidi abzulenken: »Aber ihr könnt euch ja offensichtlich auch nicht beklagen. Eure Geschäfte laufen gut, oder?«

»Was uns an Talent fehlt, machen wir durch Fleiß und Ausdauer wett, und natürlich durch Equipment. Was könntet ihr erst erreichen, wenn ihr unsere Möglichkeiten hättet? Wieso also nicht fusionieren und die Synergien nutzen?«

»Können wir euch denn vertrauen?«, fragt Bea.

»Auf unsere Loyalität und Diskretion ist Verlass. Okay, wir sind skrupellos. Das geben wir offen zu.« Charlotte lächelt. »Was ist euer Geheimnis?«

»Es gibt kein Geheimnis«, sagt Bea.

»Ich muss euch eine Frage stellen, werdet ihr mir eine ehrliche Antwort geben?«

»Frag einfach«, murmelt Heidi.

»Wie weit seid ihr bereit zu gehen?«

Bea zuckt die Schultern.

»Unser Ziel ist, aus der Optimierung der Lebensverhältnisse von Berliner Frauen maximal Kapital zu schlagen«, erklärt Charlotte weiter. »Haben wir einen Auftrag angenommen, verfolgen wir ihn konsequent und erbarmungslos. Schon Aristoteles hat gesagt: Tue Gutes denen, die dir Gutes tun, schade denen, die dir schaden.«

»Wozu braucht ihr dann uns?«

»Wir fischen im selben Gewässer. Warum nicht eine Solidargemeinschaft gründen? Gemeinsam können wir noch erfolgreicher sein!«

»Und was fällt dabei für uns ab?«

»Spaß. Geld. Sicherheit.«

Heidi verdreht die Augen.

»Wisst ihr, was ich empfinde, wenn ich an unsere Agentur denke?«

Bea schüttelt den Kopf.

»Stolz.«

Mondgesicht Steffi zieht ihr iPhone aus der Jackentasche: »Überzeugt euch selbst. Unser Instagram-Account. Ihr könnt uns auch bei Flickr folgen. Verschlüsselt natürlich.«

Bea wischt über das Display. Heidi blickt ihr dabei über die Schulter. Es blättern sich verschiedene Fotos von Männern auf, untertitelt, zum Beispiel:

Moritz F., 27, geiler Bock, vorn Bus getreten.

Bea scrollt von einem Opfer zum nächsten. Als klicke sie sich nach der Oscar-Verleihung durch die Kleiderkritik von ›Bunte.de‹. Nur dass es sich hier nicht um Outfits, sondern um Anschlagsopfer handelt.

Ein bärtiger Anzugstyp mit dem Vermerk:

Friedrich U., 49, schäbiger Soziopath: Intimselfie gephotoshopt und Minipimmel viral verbreitet.

Ziegenbart mit Brille, Edward U., 37, hinterfotzige Kollegensau, Koi-Karpfen im Garten vergiftet.

Egon T., 49, nimmersatter Fickbock: Dämmschaum ins Arschloch.

Hutzeloma, Karin T., 73, querulante Rentnerin: Rollator frisiert.

Bea blickt auf: »Eure Opfer sind auch Frauen?«

»Die war eh schon fast hinüber.«

Bürstenschnitt, Wilma B., 47, verbohrte Aktivistin: Kollaps nach Injektion.

»Schon wieder eine Frau!«

»'ne Lesbe.«

»Na und?«, empört sich Heidi.

»Wenn's euch beruhigt, dann macht ihr halt nur Männer.«

Weiter in der Kartei:

Edward Z., 54, Kiosk-Besitzer, bockiger Stinkstiefel: Treppe runtergekegelt.

Timo B., 31, launige Mimose, Wohnung verwüstet.

»Ihr macht auch Einbrüche?«

Steffi strahlt: »Das ist meine Spezialität. Hab ich mir selber beigebracht. YouTube!«

»Auf YouTube?« Heidi kann sich einen spöttischen Unterton nicht verkneifen. Merkt bestimmt auch niemand, wenn so ein Elefant durch die Wohnung trampelt. Dilettanten. Kaum zu glauben, dass die so erfolgreich sind.

»Wir bieten eine ganze Palette von Rachemaßnahmen.«

»Aber wie gesagt, wozu braucht ihr dann uns?«, fragt Bea.

»Wir wollen den Bereich Unfallschäden outsourcen«, erklärt Steffi. »Da seid ihr zugegeben raffinierter.«

»Wenn man jemanden mit eurer Gabe trifft, muss man sie fördern«, sagt Charlotte. »Und wir selbst sind mit dem Auto einfach zu behäbig. Steffi und Petra lieben ihre Maschinen, die sind allerdings weniger Tatwerkzeug als für Observation und Flucht geeignet. Ich dagegen bin für alles auf Rädern furchtbar unbegabt.« Sie wendet sich an Heidi. »Und du bist offensichtlich nicht nur die Exekutive, sondern auch die Honigfalle, um die Männer anzulocken?«

Heidi wirft Charlotte einen wütenden Blick zu.

»Irene ist das Hirn unserer Firma«, erklärt Bea, »sie redet nur nicht gern.«

»Die ominöse Frau im Hintergrund. Verstehe. Harriet hat uns von dir erzählt. Aber ausgelassen, was für eine attraktive Frau du bist.«

»Harriet hat Irene ja nie zu Gesicht gekriegt«, beeilt sich Bea zu erklären und wendet sich wieder den Anschlagsopfern auf dem iPhone zu.

Plötzlich verklumpt der Krabbensalat in Beas Mund. Auf dem Foto vor ihr ein Mann in Allwetterjacke, darunter: *Herbert R., 62, Spirituosenhändler, sturer Hund, narkotisiert, Komplikationen.*

Herbert. Eindeutig ihr Herbert.

Beas Herz rast, als würde ein dunkler Sandsturm über ihre Seele peitschen. Ihr Körper bebt und dröhnt. Panik. Nicht aus Sorge, sondern aus dem sicheren Gefühl heraus, Herbert verloren zu haben. Bea zwingt sich, tief durchzuatmen, und zeigt auf das Foto: »Was ist mit ihm?«

Charlotte zuckt die Schultern. »Unser Auftrag war, ihm eine Injektion zu verpassen. Die ist ihm nicht bekommen. Wer rechnet denn mit so was? Allergieschock, Herzstillstand oder so, jetzt Koma.«

22

Herbert liegt im Benjamin Franklin und stirbt.

Draußen heult der Wind um die kantige Fassade des Krankenhauses, mischt sich mit dem Lärm vom Hindenburgdamm sieben Stockwerke tiefer. Beas Vater ist auf der gleichen Etage verreckt, ihre Mutter ein Stockwerk drüber. An beides hat sie keine Erinnerung mehr.

Wenn man hier landet, geht's bergab.

»Aber nicht du, Herbert, wir nehmen die andere Richtung, versprich's mir, ja?«

Bea zieht die Gardinen auf und blickt über die in Flutlicht getauchten Fußballfelder am Teltowkanal Richtung Lankwitz. Nicht weit von hier ist sie aufgewachsen. Dort drüben, am Gemeindepark.

Der Boden schwankt. Bea setzt sich neben Herbert. Seine vertrauten Konturen sind schemenhafter geworden, als würde er langsam verschwinden. Kaum noch was übrig von dem lebenslustigen Hallodri. Vor wenigen Wochen hat er sie noch in seinem Getränkemarkt verführt, ganz stilvoll vor dem Champagnerregal.

Bea streckt die Hand aus, vorsichtig, um ihm nicht weh zu tun. Sie schiebt sie unter das dünne Laken, spreizt die Finger und legt ihre Handfläche auf seinen bloßen Bauch. Regungslos liegt er da. Sein Körper ist kalt. Sie schmiegt ihre Wange an die seine: »Herbert, wach auf. Hörst du?« Keine Reaktion, nicht eine Wimper zuckt, aber dann, eindeutig ... Bewegung – allerdings weiter unten.

»Was haben wir denn da?« Bea verstummt, weil die Nachtschwester hereinkommt. »Alles in Ordnung?«

Bea deutet auf die Beule unter dem Laken.

Die Schwester tritt näher und wirft einen prüfenden Blick auf die Bewegung zwischen Herberts Beinen.

»Das macht doch Mut, oder?«, fragt Bea.

»Leider nein, so was passiert.«

»Ich dachte, das sei vielleicht seine Art, mich anzulächeln.«

Die Schwester schüttelt den Kopf und nimmt Bea in den Arm.

23

Irene sitzt vor dem Krankenzimmer und wartet. Sie strafft ihren Rücken und scrollt durch die Fotos auf ihrem Handy, die sie während der Observation am Nachmittag geschossen hat. Sie war Bea und Heidi nur bis kurz nach der Ausfahrt Kleinmachnow gefolgt, um nicht entdeckt zu werden, hatte den Polo beim McDonald's geparkt und war das letzte Stück zu Fuß gegangen. Als Bea und Heidi dann aufgelöst aufbrachen, kam Irene ihnen schon entgegen. Da hatte sie zum ersten Mal von Herbert gehört. Warum Herbert auf die Anschlagsliste geraten war und jetzt hier auf der Intensiv liegt, erklärt sich nicht.

Heidi tigert den Krankenhausflur auf und ab.

»Hol dir einen Kaffee und setz dich!« Irene stößt einen langgezogenen Seufzer aus. »Und hilf mir um Gottes willen, Heidi. Ich kann nicht mehr klar denken. Was habe ich übersehen? Geh noch mal alles mit mir durch.«

»Diese Luder haben es uns verdammt schwergemacht, sie zu hassen, haben total spendabel getan und sich aufgeplustert wie Graf Koks. Wenn du mich fragst, eine absolute Tabutruppe.« Heidi drückt den

Desinfektionsspender und massiert sich die Hände. »Der Weimaraner macht einen auf Leithund, ist aber in Wirklichkeit ein Terrier. Mops und Pinscher dackeln nur hinterher, total unterwürfig. Die drei sollen ein größeres Ding als ihr am Laufen haben? Kann nicht sein.«

»Was genau meinst du?«

Heidi setzt sich neben Irene: »Die behaupten, sie decken das gesamte Spektrum ab. Nicht nur zuschlagen und ›ab die Gaby‹, sondern auch Einbruch, Überfall, Rufmord. Dabei sind diese Zecken nichts weiter als verwöhnte Hausmuttis. Das riechste meilenweit gegen den Wind. Die interessieren sich für Verdauung und Krabbensalat, das sind keine kriminellen Superhirne. Dafür brauch ich nicht im Knast gewesen zu sein, um das zu checken.«

»Entschuldigen Sie, kann man hier irgendwo rauchen?« Eine robuste Fünfzigjährige mit großen, ehrlichen Augen steht vor ihnen und trommelt mit den Fingernägeln auf ihre Zigarettenpackung.

»Ich glaube, den Flur runter ist ein Fenster auf«, antwortet Irene, »da stehen zumindest die Ärzte.«

»Hey, Mädels.« Die Fünfzigjährige winkt einer Gruppe Frauen unterschiedlichsten Alters und Typs, die gerade aus dem Fahrstuhl treten.

»Zimmer 753, bin gleich bei euch, muss erst mal runterkommen. Macht euch auf einiges gefasst. Wilma ist null ansprechbar.«

Die Gruppe verschwindet im Zimmer gegenüber, und die Fünfzigjährige wendet sich wieder Bea und Heidi zu. »Unsere Wilma liegt vis-à-vis von ihrem Bekannten. Wir wissen nicht, ob sie wieder wird.«

»Das tut uns leid«, sagt Irene, und Heidi nickt.

»Wilma ist kurz nach Ihrem Bekannten eingeliefert worden, mit ähnlichen Symptomen – beide hatten einen unerklärlichen Kollaps, beide nicht ansprechbar, beide aus Lankwitz.«

»Merkwürdig.«

»Ja. Vielleicht ein Virus.«

»Sehr merkwürdig«, wiederholt Irene.

»Gerade jetzt, wo wir unsere Wilma so dringend brauchen.«

Wilma? Heidi überlegt. Sie ist sich sicher, diesen Namen heute schon mal gehört zu haben. Aber wo? Klar doch! Die Lesbe aus der Opferkartei. Jetzt fällt es ihr wieder ein. *Bürstenschnitt, Wilma B., 47, verbohrte Aktivistin: Kollaps nach Injektion.*

Vor Schreck hält sich Heidi den Mund zu.

»Alles läuft auf Wilmas Namen«, sprudelt es aus der Fünfzigjährigen hervor, »die ganzen Petitionen und Unterlassungsklagen, mit denen wir uns gerade herumschlagen. Wir kämpfen schon seit Monaten gegen die Zwangsräumung unseres Vereinsgeländes am Lankwitzer Dreieck. Eigentlich sind wir unkündbar, aber diese Behördenheinis schummeln nicht nur, sondern betrügen auch noch. Das ganze Gelände soll urbanisiert werden. So heißt das heutzutage. Der Getränkegroßmarkt ums Eck hat grade aufgegeben. Den

Kioskbesitzer gibt's nicht mehr, und fast alle Laubenpieper sind weggeekelt. Unser Verein ist das letzte Stück des Kuchens.«

»Was für einen Sport machen Sie denn?«, fragt Irene.

»Sport? Ach herrje, nein, wir sind eher so was wie eine gemeinnützige Interessenvertretung, eine kommunikative Stiftung.«

»Was Soziales?«

»Eine Begegnungsstätte von und für Frauen. Und Wilma ist unser Häuptling.« Die Fünfzigjährige reicht ihnen eine Visitenkarte.

»LLL«, liest Heidi.

»Lankwitzer Leonoren Lesben.«

»Oh!«

»Kennen Sie nicht?«

»Ich fürchte nein.«

»Ein Hort starker Frauen. Immer schon. Auch für Nicht-Lesben.«

»In Lankwitz?«

»Der Südwesten Berlins war immer ein Motor des Fortschritts. Wussten Sie das nicht? Am Teltowkanal wurde Menschheitsgeschichte geschrieben. Denken Sie an Otto Lilienthal. Wir Lankwitzer verdanken unseren Namen Leonore von Lankovice. Die kennt heute niemand mehr. Eine Sandkastenfreundin vom Alten Fritz.«

»Von dem aus Potsdam?«

»Ja. Der aus Sanssouci. Friedrich der Große. Der ist in jungen Jahren immer hierher, raus aus der Residenz, in die Natur, an die Auen der Lanke, zusammen mit seinem Freund Kappe. Und Leonore war ihnen stets eine tolle Gastgeberin. ›Meine Königin‹ hat er sie genannt. Und dann haben sie ihre Kleidung getauscht. Sie im Gehrock, Kappe im Mieder, Fritze hat zugeguckt, der olle Schlawiner. Scheiß auf Konventionen, haben die sich gedacht, auf zu neuen Ufern, frauenbewegt und Freiheit gelebt.«

»Schon damals?«, fragt Heidi.

»Lankwitz hat eine lange Tradition mit Lesben. Was glauben Sie, woher Marlene die Inspiration zu ihrem Hosenanzug hat?«

Irene weiß, dass Angehörige im Krankenhaus entweder gar nichts oder extrem viel reden. Die *Lankwitzer Leonoren Lesben* waren ihr bisher kein Begriff, aber Irene ist mit ihren Gedanken eh woanders. Heidi dagegen ist viel involvierter: »War Ihre Wilma denn allein, als das passierte?«

»Tags zuvor ging's ihr noch prima. Dann ist sie plötzlich umgekippt. Einfach so. Genau vorm Bezirksamt. Und irgend so eine fiese Schnepfe hat das auch noch ausgenutzt und ihre Handtasche geklaut, mit all den Unterschriften für das Bürgerbegehren gegen die Schließung unseres Vereins.«

»Nein!«

»Doch. Alles umsonst, all die Stunden auf dem Wochenmarkt, um die geforderten 10 000 Stimmen zusammenzukriegen.«

»Und jetzt?«

»Sind wir am Arsch.«

»Ach du grüne Neune.«

»Ja. Fast ein Segen, dass Wilma das nicht mitkriegt.«

»Und nu?«

»Ein klitzekleines Schlupfloch bleibt, eigentlich nur eine theoretische Chance. Es gibt da so einen übriggebliebenen Paragraphen aus der Zeit, als Lankwitz noch Dorf und nicht eingemeindet war, einen Rest Basisdemokratie in der bezirklichen Verwaltung. Eine Art Volksabstimmung. Aber das zu beleben ist ein Kampf gegen Windmühlen.«

»Das ist ja ein Komplott des Bösen«, empört sich Heidi, »das ist so ungerecht! Das halt ich nicht aus!«

Wenn gegen Lesben ausgeteilt wird, geht Heidi prompt der Hut hoch, aber so konsterniert hat Irene sie selten erlebt.

»Mit so was darf doch keiner durchkommen?« Heidi ist kalkweiß und wirft Irene vielsagende Blicke zu. »Das kann doch alles kein Zufall sein.«

»Wenn wir das wüssten!«, resigniert die Fünfzigjährige. »Der Zeitpunkt jedenfalls ist denkbar ungünstig. Die letzte Laubenpieperin hat's auch grad erwischt. Deren Elektromobil ist abgegangen wie ein Zäpfchen, und sie hat nicht losgelassen, die Arme, hatte ja lange genug drauf gespart. Jetzt sind beide hinüber, das Elektromobil und die Laubenpieperin. Die Einzige, die noch einen unkündbaren Vertrag hatte und auf keinen Fall verkaufen wollte.«

»Wie hieß die?«

»Karin ...«

Jetzt dreht Heidi durch: »Karin T., 73, Rentnerin: Elektromobil frisiert.«

»Genau die. Kam das in den Nachrichten?«

Heidi trippelt wie ein flatterndes Huhn im Kreis.

»Auch der Kiosk musste schließen, ein weiterer Todesfall«, sagt die Fünfzigjährige.

»Lassen Sie mich raten.« Heidi schnappt nach Luft, »Edward Z., 49, Kiosk-Besitzer: Treppe runtergekegelt.«

»Woher wissen Sie das?«

In diesem Augenblick kommt Bea den Flur entlang, die Hand fest am Geländer. Sie wirkt müde, aber gefasst. »Danke, dass ihr da seid.«

Irene tupft Bea eine Träne von der Wange.

»Kommt ihr kurz mit? Ich möchte euch jemanden vorstellen.«

24

Der Anblick ist ein Schock. Die Nase blutverkrustet und geschwollen, ein Beatmungsschlauch im Mund, überall Kabel und hydraulische Pumpen. Die Apparaturen und Bildschirme übersetzen den Rest Leben in einen monotonen Rhythmus, 61 Jahre reduziert auf ein mattes Piepsen.

»Das ist Herbert.«

»Der sture Hund aus der Opfergalerie?«, fragt Heidi.

Bea nickt. »Vielleicht ein sturer Hund. Aber er ist mein sturer Hund. Tut mir leid, dass ich ihn so lange verschwiegen habe.«

»Wohl nicht das einzige Opfer, das hier liegt«, murmelt Heidi.

»Was meinst du?«, fragt Irene.

»Herbert ist von den *Revanche*-Tanten gegen Kohle plattgemacht worden. Die Wilma vis-à-vis und die Laubenpieperin mit dem Elektromobil genauso. Alle aus Lankwitz. Wenn da kein Zusammenhang besteht, dann weiß ich auch nicht!«

Bea schlägt Herberts Laken zurück und bittet ihre Freundinnen, jeweils die Hand auf seinen bloßen Bauch zu legen.

Beide treten heran. Keine Reaktion.

Dann versucht es Bea selbst noch mal. Ihr Herz trommelt, die Hand zittert, und Herbert enttäuscht nicht.

»Nanu«, staunt Heidi, »ich denk, der ist hinüber?«

»Er war immer leicht erregbar, trotz der neuen Hüfte.« Bea lächelt verschämt.

Heidi versucht es gleich noch mal, ihre Finger wandern tiefer, aber die Beule verschwindet. »Versteh ich nicht.« Sie zieht die Hand zurück.

»Ich dachte wirklich, der Herbert, der bleibt«, sagt Bea, »und jetzt ist er weg, und alles, was bleibt, ist seine Allwetterjacke.«

»Das scheußliche Ding im Flur?«

Bea nickt und geht zur Tür.

»Was hast du vor?«

»Ich will wissen, warum.«

25

Es ist leicht, jemanden aufzuspüren, wenn man weiß, wo man suchen muss. Die hagere Petra hat's mit dem Magen, das hatte sie bei dem Picknick erwähnt, und ist in Behandlung bei DER Koryphäe Berlins. Wer anders soll das sein als Dr. Schnaller aus Lankwitz?

Kein großes Ding für Bea, an der Rezeption Petras Daten rauszukriegen: »Meine Freundin Petra vom Aquafit war so lieb, mir ihren Darm-Termin zu überlassen. Ach, verflixt, jetzt weiß ich ihren Nachnamen gar nicht, aber ...« Bea zeigt auf ihrem Handy ein Foto von Petra und sich selbst an der Heckklappe des SUV.

»Ach ja, die Frau Herbstloch.« Die Arzthelferin tippt den Namen ein. »Warten Sie, einen Moment, Petra Herbstloch, hier haben wir sie.«

Jetzt wird's investigativ.

Der Polo lauert mit laufendem Motor Ecke Assmannshauser Straße. Petra wohnt zwischen Heidelberger Platz und Südwestkorso, unweit der Stadtautobahn. Benzingeruch liegt in der Luft. Feierabendverkehr. Ein träges ununterbrochenes Rauschen. An dem jeweiligen Geräuschpegel kann man erkennen, wie spät es ist.

Eine bürgerliche Gegend, Häuschen an Häuschen, nicht schmucklos, aber gedrungen. »Ziemlich sortiert«, urteilt Bea und hält ihre Olympus mit Zoomlinse im Anschlag, »hier wohnen bestimmt nur Lehrer.«

Sie müssen nicht lange warten, und Petra tritt aus der Tür. In Walking-Montur mit Windbreaker, Stirnband und Stöcken. Mit angewinkelten Armen und betonter Atmung marschiert sie Richtung S-Bahnhof. Bewusst durch die Nase ein-, durch den Mund ausatmen. Jeweils auf vier Schritte. Rechts links rechts links: ein, rechts links rechts links: aus.

»Warum sich hässliche Leute auch noch so unschön bewegen müssen?« Heidi steigt aus. Irene und Bea warten im Auto und behalten die Umgebung im Auge.

Petras Wohnung liegt im ersten Stock, die Tür ist kein Hindernis für Heidi.

Die Dietrich-Nadel in den Zylinder, ein bisschen Druck geben, ein kleiner Ruck, und die Tür springt auf. Heidi sieht sich um.

Ach du grüne Neune. Hölzerne Deko-Möwe auf Fensterbrett, alles klar!

An der Wand billig gerahmte Picasso-Poster von Ikea. Typisch Bildungsbürgermuttchen Ende 40. Und das obligatorische Foto der New Yorker Skyline – noch mit den Zwillingstürmen des World Trade Center. Auch ansonsten ist die Wohnung rettungslos uncool. Das Gewagteste: ein Telefon, das aussieht wie ein Hamburger, und im Bad ein Gilette-Venus-Sensitive-Set mit 4-fach-Klinge. Vielleicht für eine trendige Intimfrisur?

Wohl eher nicht.

Die ganze Einrichtung ist in den 80ern steckengeblieben, so auch die Yucca-Palme mit elektrischer Lichtergirlande neben dem Multimedia-Board. Weihnachten und Karibik in einem. Da braucht man nie umzudekorieren. Sehr praktisch.

Keine Dildos im Nachtschrank. Dafür Gleitcreme, immerhin, wobei, igitt, vor drei Jahren abgelaufen. Kann man nicht mal mehr als Handcreme benutzen. Traurig. Kein Wumms in der Muschi. Schon klar, über 40 verglüht das Feuer zwischen den Beinen, um schließlich ganz zu versiegen. Allerdings, da bräuchte man ja nur die abgelaufene Handcreme ... Heidi schaudert. Alt werden muss die Hölle sein.

Ein Billy-Regal. Darin jede Menge Gesundheitsgedöns. Klar, die hat ja die Scheißerei!

Daneben das CD-Regal. Das hat Heidi bei ihren Dates immer als Erstes gecheckt. Erst das CD-Regal, dann den Spiegelschrank im Badezimmer. Die jeweilige Auswahl der Musik- und Hygieneartikel sagt viel über einen Charakter aus. Sie hatte mal einen Physiotherapeuten mit allen CDs von Andrea Bocelli, da hat sie gleich wieder kehrtgemacht.

Petra ist offensichtlich Fan von Sarah Connor – seit die deutsch singt –, Andreas Bourani – seit der WM – und Roger Cicero – seit er tot ist.

Außerdem ist sie Probensammlerin. Lauter Parfum- und Beauty-Minis in einer gläsernen Kugelvase. Den Typ Frau kennt Heidi, rüscht sich auf, läuft im KaDeWe kreuz und quer durch die Kosmetikabteilung, möglichst wenn's leer ist und sich die Verkäuferinnen über Kundschaft freuen, und dann auf unentschlossen tun, damit man die Proben hinterhergeschmissen kriegt. Geldgeile Wohlstandstrutschen, volles Portemonnaie, aber austickern wegen ein paar alberner Proben, nur weil sie umsonst sind. Im Gefolge dieser Rafftussis hatte selbst ein so ungeschickter Langfinger wie Heidi leichtes Spiel. Die Damen marschierten mit der Handtasche voller Gratis-Kinkerlitzchen nach Hause, aber dafür Heidi mit deren Geldbörsen! Das waren Zeiten.

Heidi rekapituliert: Unterm Strich 'ne kleinkarierte Nullachtfünfzehn-Ödnis. Ergo, Petra benutzt die kriminellen Revanche-Ausflüge sicher als Kick, um das Elend ihres Alltags aufzupeppen.

Im Eisfach drei abgelaufene Pakete TK-Lasagne, in der Verpackung der untersten ein Bündel 50-Euro-Scheine. Saudummes Versteck. Heidi zieht drei Scheine heraus und stopft sie in ihre Jeans. Dummheit muss bestraft werden.

Auf dem Küchentisch ein aufgeschlagenes Filofax, darin die Adressen von den beiden anderen Schnepfen, Steffi und Charlotte. Geht doch.

Daneben Arztrechnungen. Ist die etwa privat versichert? Sauerei. Die Wohnung sieht gar nicht danach aus. Moment, was ist die Alte von Beruf? Am Schlüsselbord neben der Eingangstür hängt ein Dienstausweis: ›Gesundheitsamt Charlottenburg‹. Petra ist Beamtin.

Damit kann man arbeiten.

26

Bea folgt der fetten Schnecke Steffi.

Deren Eckdaten sind schnell ermittelt. Was man nicht alles durch einfache Google-Recherche erfährt: Steffi betreibt einen Blog, *Hauptstadt-Mütter*, den sie täglich füttert mit abgeschriebenen Tipps und überflüssigen Geschichten rund um ihre faulen Freundinnen und die speckige Brut. Steffi hockt den lieben langen Tag auf ihrem BoConcept-Sofa in Tempelhof. Gleich gegenüber vom Alten Park, von wo aus ihre Hochparterre-Wohnung mit Gartenaustritt wunderbar einzusehen ist.

Tempelhof ist genauso dröge wie Lankwitz, denkt Bea, dabei war es mal die Lebensader Berlins, als im Minutentakt die Rosinenbomber landeten, um die eingeschlossene Stadt am Leben zu erhalten. Wohnen wollte hier lange niemand. Aber jetzt, nach dem Volksentscheid, ist Tempelhof plötzlich angesagt, weil Heti und Pleti wochenends zum stillgelegten Tempelhofer Feld pilgern, um Drachen steigen zu lassen. Als wenn's sonst kein Stück Rasen in Berlin gäbe.

Und plötzlich ist Tempelhof selbst für wohlsaturierte Wohlstandsschnepfen vertretbar, die sich früher nie hierher verirrt hätten. Jetzt kann Steffi mit Tempelhof auch vor den Freundinnen punkten – obwohl es wahrscheinlich nur darum ging, sich irgendwo erschwinglich einzukaufen.

Ihre Wohnung ist komplett so eingerichtet, als sei permanent November, ganz ohne Farben. Edle Materialien, trotzdem trostlos, sieht toll aus, aber kriegste schlechte Laune von. Scandinavian Look, den kennt Bea aus den Einrichtungskatalogen, die sie sich in den Knast hat schicken lassen. Kann man im Internet ordern. Für umme. Mit denen hatte sie sich in bessere Zeiten geträumt.

Steffi dagegen blättert sich lieber durch *AD* und *Elle Decoration*, Lifestyle-Zeitschriften für Besserverdienende, sündhaft teuer und letztlich auch nur Werbung.

Tag für Tag liefert DHL Pakete, die Steffi gierig öffnet. Die folgenden Stunden ist sie damit beschäftigt, die Verpackungen aufzufetzen, sich in die Klamotten zu zwängen – ohne die Schilder abzureißen –, um dann wütend alles wieder einzupacken, weil es mal wieder überall spannt.

Also ab an' Kühlschrank, einmal Frustfressen, zurück aufs Sofa und weiter irgendwelche Nichtigkeiten in die Tasten hauen, bis die Whopper aus der privaten Klötzchen-Schule nach Hause kommen.

Alles klar. Das ist Steffis Schwachpunkt. Nicht der Blog, sondern die verzogenen Gören auf der elitären

Privatschule. Diesen Status will sie auf keinen Fall gefährden. Denn nur dort meint sie, die Leute zu treffen, die ihrem Niveau entsprechen. Nie würde Steffi ihren Nachwuchs auf eine öffentliche Schule schicken. Um Gottes willen. Da könnte man ja dem richtigen Leben begegnen.

Früher, zu Beas Zeit, gab's in Berlin höchstens 1–2 Privatschulen, auf die irgendwelche Diplomatenkinder kutschiert wurden, an den anderen mischte sich alles. Mittlerweile strebt man offiziell zwar nach Inklusion, aber in Wahrheit versuchen die Bessergestellten, die Schichten nachhaltig zu trennen. Das weiß Bea von Jutta aus dem Knast, die ist Lehrerin und schwört: Nie wieder Privatschule! Mal abgesehen davon, dass Jutta sowieso nicht mehr unterrichten darf, höchstens noch im östlichen Sachsen, denn Jutta wusste sich nicht anders zu helfen, als zwei der kleinen Wichser über das Wochenende ins Chemielabor zu sperren. Disziplinarmaßnahme. Kann man ja verstehen. Dumm nur, dass die kleinen Wichser mit Salpeter experimentierten. Die Renovierungskosten beliefen sich auf 175 000 Euro. Und interpretiert wurde es als Verstoß gegen GG, Artikel 2, Freiheitsberaubung von Schutzbefohlenen. Die Eltern der kleinen Wichser hatten natürlich den besseren Anwalt. Die arme Jutta. Sechs Monate ohne Bewährung. Lehrer ist ein Scheißjob. Nichts zu gewinnen, aber alles zu verlieren. Heute macht Jutta in Blumen – bloß nichts mit Menschen! – und arbeitet bei der Friedhofsgärtnerei. »Da kann man was zum Seelenfrieden beitragen in dieser morbiden Gesellschaft.«

Trotzdem ist Jutta überzeugt, dass die kleinen Wichser zwar ätzend wie Hölle sind, aber nicht das Problem. Die der antiautoritären Doktrin anhängenden, aber in Wirklichkeit kontrollwütigen Mütter, die erwarten, dass andere die von ihnen verursachten Erziehungsdefizite ausgleichen, sind der Kern allen Übels. Die gehen über Leichen.

Und genau so eine ist Steffi.

27

Es gibt sympathische Grübchen, und es gibt unsympathische Grübchen. Der Macker von Charlotte fällt in die zweite Kategorie. Permanent vor sich hin grinsend, als sei er high. Vermutlich weniger wegen Koks, Ecstasy oder irgendwelchen Amphetaminen, sondern weil er sich selbst so unwiderstehlich findet. Solche Blender kennt Irene, die waren ihr schon immer suspekt. Bereits in der Schule. Noch keine Haare am Sack, aber im Puff vordrängeln. Möchtegerne, die selbst dann noch vor sich hin grinsen, wenn sie mit 30 kapieren, dass es geilere Typen gibt, mit mehr Kohle, mehr Erfolg und jüngerer Freundin.

Da hat sich das Grinsen dann aber schon so weit eingefräst, dass es nicht mehr auszuradieren ist.

Auch im Fall des Mackers liefert die Online-Recherche erhellende Erkenntnisse: Start-up in Mitte – an die Wand gefahren, Relaunch – in den Sand gesetzt. Mental-Coach-Ausbildung – abgebrochen. Ein Buch, *Innovating Myself,* veröffentlicht – bei *Book on Demand,* und selbst da nur unter ferner liefen. Ein Riesenanspruch an die Welt und alle anderen, aber selbst mit allem gescheitert.

Dieser Typ ist der totale Gegenentwurf zu Irenes

Welt. Zeit seines Lebens privilegiert, immer Knete, alle Türen offen und trotzdem chronisch unzufrieden.

Den Tag vertrödelt er mit Kaffee holen, Crossfit, Socializing und Bingewatching. Ein Tagedieb moderner Schule. Ein träger Parasit. Und im Bett sicher ein Langweiler. An so einem melkste ein wenig rum, keuchst ihm was vor, dann ist er happy, dreht sich um und schläft. Und frau muss sehen, wo sie bleibt. Zum Fremdvögeln ist diese Charlotte bestimmt zu feige. Vermutlich macht sie sich's selbst. Oder gar nicht. Und trägt nur Mary-Jo-Dessous, pinkfarbene Spitzenkombi unterm weißen Hemd. Damit meint sie, sich etwas Verwegenes zu geben. Und ihre Perlenohrringe von Christ möchte sie als ironisches Zitat verstanden wissen.

Irene hat sich nie etwas Außerordentliches zugetraut. Charlotte und ihr Mann haben sich nie etwas anderes als Außerordentliches zugetraut.

Aber was, überlegt Irene, verbindet die beiden? Fungiert die Verachtung gegenüber anderen als Kitt, ihr eigenes Scheitern zu überspachteln? Oder sind sie schlicht zu faul, zu träge, um sich voneinander zu lösen?

Und die Revanche-Agentur ist die Möglichkeit, auf andere loszuschlagen, bevor man den Mut aufbringen muss, dem eigenen Scheitern ins Auge zu blicken, sich zu ändern oder aufzuhängen. Äußere Konflikte sind immer ein gutes Mittel, innere Verwahrlosung zu übertünchen. Allerdings fragt sich Irene, ob Charlottes Mann von ihrer Nebentätigkeit weiß.

Und überhaupt, wer zahlt für den ganzen Zauber? Charlottes Gehalt als Mediatorin, was auch immer das ist, inklusive der Nebeneinnahmen aus der *Revanche*-Agentur, reicht mit Sicherheit nicht für die moderne Stadtvilla im West-End und erst recht nicht für den faulen Mann an ihrer Seite.

Des Rätsels Lösung steht am Türschild. Im Dachgeschoss wohnt Charlottes Schwiegermutter. So einfach. Durch Irenes Hirn rollt die Assoziationswelle:

Lifestyle von Schwiegermutters Gnaden. Ein Leben auf Pump des zu erwartenden Erbes. Aber dafür unter permanenter Beobachtung. Sieh an. Die Schwiegermutter ist Charlottes Achillesferse. Warum fahren sie die nicht einfach über'n Haufen? Hm ... dafür fehlt ihnen sicher die nötige Chuzpe.

28

Wieder Checkpoint Dreilinden. An der Stadtgrenze, kurz vorm Berliner Bär, der den Einreisenden zuwinkt und den Ausreisenden den Hintern zeigt. Aprilwetter mitten im Herbst, stürmischer Wind, der in Regen übergeht, sich in Graupelschauer verwandelt, bis schließlich die Sonne durchbricht.

Die Betonplatten mit den geteerten Nähten sind voller welker Blätter.

Bea und Heidi fahren im Polo vor und parken an der verwaisten Tankstelle, unter der gelben Röhre. Vorm Mauerfall das letzte Bunt, bevor's in den Osten ging.

Die drei *Revanche*-Damen warten bereits.

Warum musste Herbert sterben? Diese Frage lässt Beas Gedanken rotieren und bewahrt sie vorm Zusammenbruch. Heute Morgen hat sie auf Station angerufen, wie jeden Tag. Da hatten sie Herberts Namen schon gar nicht mehr im System.

Bea schüttelt Hände. Heidi knabbert an einem Muffin. Sie soll wieder durch Stillhalten glänzen, bloß nichts sagen, aber chefig wirken.

Bea zieht den Schal fester und eröffnet das Gespräch: »Zuallererst wollen wir uns bedanken. Das war letztens sehr nett. Das Picknick und so.« Bea ist bemüht, möglichst entspannt zu klingen. »Aber euer großzügiges Angebot können wir trotzdem nicht annehmen, wir wollen unabhängig bleiben. Tut uns leid. Wir werden euch keine Probleme machen, versprochen, und hoffen dasselbe von euch.«

Kein Widerspruch.

»Eine letzte Bitte«, schiebt Bea noch nach und versucht, gelassen zu klingen, »den Namen der Person, die euch beauftragt hat, Herbert Reuterfeld zu narkotisieren.«

»Wen?«, fragt Charlotte.

»Der, der ins Koma fiel und vor zwei Tagen verstarb. Private Angelegenheit. Wir wollen nichts weiter, nur verstehen, warum. Selbstverständlich behandeln wir das diskret, aber ich fürchte, darauf müssen wir bestehen.«

Charlotte kneift die Augen zusammen: »Erlaubt uns, eine Weile darüber nachzudenken.«

»Klar.« Dann legt Bea eine Kunstpause ein. »Wir wollen euch nicht drohen, wirklich nicht, aber ...«, jetzt tief durchatmen, »... wir wissen mehr, als ihr denkt. Manches könnte unangenehme Folgen haben, wenn man nicht auf seine Beamtenbezüge, die elitäre Privatschule oder die Finanzspritze der Schwiegermutter verzichten möchte.«

Treffer versenkt, voll auf die Neun, frohlockt Heidi innerlich.

»Erpressung? Gott wie erbärmlich!«, Petra bemüht den Zeigefinger. »Kommt hier mit eurem albernen

Polo angetuckert und glaubt, uns an den Karren fahren zu können.«

»Erbärmlich?« Heidi kann nicht an sich halten: »Du bist doch die mit der Holz-Möwe auf der Anrichte. Das ist erbärmlich!«

»Die hab ich seit 2003«, platzt es aus Petra heraus, »und sie erinnert mich an meine Trennung von Holger. Der fand die scheiße, die Möwe, und dann hab ich gesagt: ›Nee, du bist scheiße!‹, und hab die Möwe einfach gekauft!«

Na, wenn der Typ noch mehr scheiße war als die Möwe, gratuliere, dass du dich getrennt hast! denkt Heidi, aber das sagt sie nicht, weil Bea sie zurückhält.

»Wie gesagt, wir wollen nicht drohen!«

»Verstanden«, lenkt Charlotte ein, »Reisende muss man ziehen lassen. Kein Grund, persönlich zu werden, wir werden unsere Auftraggeberin bitten, sich mit euch in Verbindung zu setzen. Sie heißt Aylin.«

Wären Bea und Heidi nicht so erleichtert über den prompten Erfolg ihrer Drohung, wäre ihnen vermutlich aufgefallen, dass das jetzt viel zu schnell ging.

29

Aylin winkt dem Kellner. »Seien Sie so freundlich und bringen Sie mir noch einen Grapefruitsaft. Und wenn Sie grad dabei sind … ach … hier bitte einmal die Krümel …«

Aylin versteht es, Ansagen zu machen.

Der livrierte Kellner beugt sich über den Tisch. Aylins Blick taxiert ihn. Appetitlicher Knackarsch. Vielleicht eine Gelegenheit? Wenn die Gelegenheit ruft, muss man sie packen!

Sie wird ihm später einen Schein zustecken. Hauptsache keine Anstrengung, Beziehungsgedöns ermüdet sie, verschwendete Energie, immer schön flexibel bleiben, aber zu anonym ist auch doof.

Nichts gegen eine schnelle Nummer, aber Aylin bevorzugt das Vertraute. Überraschungen mag sie nicht. Unverbindliche Halbbeziehungen, das ist ihr Ding. Gerne mal deponiert sie bei ihren Bettgenossen ein Fläschchen parfumfreien Make-up-Entferner – wegen ihrer Allergie gegen synthetische Duftstoffe, da geht sie auf Nummer sicher, bevor sie am nächsten Tag verquollene Augen hat –, und ein Paar Sneakers für den gemütlichen Sonntagnachmittagsspaziergang, aber nur aus praktischen Erwägungen. Revier markieren hat Aylin nicht nötig, Hauptsache, der Hase erfüllt die Vorgaben an Sauberkeit und Diskretion.

Wirklich verbindlich werden? Eine gemeinsame Zukunft planen? Die Eltern kennenlernen? Never!

Der Kellner versteht die Vibes: »Sonst noch was, Madame?«, und kommt Aylin dabei ganz nah.

Ihr Atem geht schneller.

Dagegen hilft was Herzhaftes. Ein Biss in das pikante Grillwürstchen.

Sie liebt das Frühstücksbuffet im Hyatt. Ihrer Meinung nach das beste der Stadt. Nicht leicht, hier einen Tisch zu kriegen. Ei Benedict und sogar Foie gras. Die Gesprächspartnerin, ihr Gegenüber, sieht zwar aus wie eine gerupfte Ente, aber ›Foie gras‹ kann die bestimmt nicht aussprechen. »Bea, meine Liebe, möchten Sie nicht doch ein Glas Champagner?«, schnurrt Aylin.

»Nein danke.« Bea mustert den Saal. Das Interieur verströmt zurückhaltenden Luxus. Die anderen Gäste im Restaurant sind Geschäftsleute in dunklen Anzügen, gelangweilte Ehefrauen, tadellos geschminkt, die auf gepflegte Weise den Vormittag rumbringen, Medienleute in lässigem Chic. Schnösel, allesamt.

»Sollten wir uns nicht vielleicht doch ein Gläschen gönnen?«, pusht Aylin und winkt wie eine Monarchin über den Saal hinweg ihrem Lakaien, dem Kellner.

»Keinen Alkohol. Nicht vorm Abendessen.«

»Eine Kriminelle, die nicht trinkt? Sie sind voller Überraschungen.«

»Steuerfachgehilfin. Eigentlich bin ich Steuerfachgehilfin.«

»Das ist ja noch gefährlicher.«

»Und Sie engagieren Abschaum, der so dilettantisch vorgeht, dass es reihenweise Opfer gibt.«

Der Kellner taucht hinter ihnen auf und schenkt nach.

»Sie sind mein Held.« Aylin leert das Glas in einem Zug.

»Ich bleibe beim Wasser«, winkt Bea ab, »danke!« Ein Glas kostet 18 Euro, da kriegt sie in Herberts Getränkemarkt vier Flaschen von ihrem Lieblings-Chardonnay, und das sogar ohne ›Familienrabatt‹. Kaum ist der Kellner weg, lehnt sich Bea über den Tisch. »Wir haben Sie nämlich gegoogelt ...«

»Jetzt krieg ich's aber mit der Angst.«

»... und Ihr Kalkül durchschaut.«

»Soso.«

»Sie wollen den Zuschlag für das Leonoren-Elysium im Lankwitzer Dreieck. Und dafür räumen Sie jeden aus dem Weg, die Lankwitzer Lesben, die Laubenpieper und meinen Herbert.«

Bea erwartet, dass Aylin vor Wut an die Decke geht, aber das Gegenteil ist der Fall. Für einen winzigen Moment entgleist ihr das Gesicht. Aber dann setzt sie ihr Genossen-Lachen auf, polternd und raumgreifend, Aylin weiß, das zieht immer. 15 Jahre SPD-Parteibuch, stundenlange Debatten und nicht enden wollende Abstimmungen waren eine gute Schule, um Leute dahin zu kriegen, wo man sie haben will.

Aylins Lachen lässt die Jacketkronen blitzen. Die Investition hat sich gelohnt. Mehr als das Jahreseinkommen dieser Trutsche gegenüber, aber seitdem fühlt sich Aylin sicher mit ihrem makellosen Lachen. »Wenn mit harten Bandagen gekämpft wird, geht schon mal einer zu Boden.« Sie hebt ihr Glas. »Fußballer werden für ihre taktischen Fouls gefeiert – vor allem, wenn sie nicht erwischt werden!«

Wenn die noch weiter so bescheuert lacht, hau ich der eins in die Fresse, denkt Bea. Aber Aylin lacht weiter. Geduld heißt ihr Zauberwort. Kühlen Kopf bewahren. Irgendwann hat sie sie alle. Sie ist die Puppenspielerin. Gewohnt, die Fäden in der Hand zu halten. Beruflich, bei den Männern und in der SPD sowieso.

Als sich Aylin überlegte, welche Parteizugehörigkeit ihrem Aufstieg dienlich sein könnte, hatte sie sich bewusst für die SPD entschieden. Eine junge Türkin hätte sich in der CDU sicher noch exotischer gemacht, könnte man meinen, aber damals, Mitte der 90er, hatte die Berliner CDU tatsächlich mehr Vorzeige-Frauen und -Türken als die SPD. Und die Berliner SPD ist vermögender! Bei der CDU gibt es Ausreißer nach oben, aber in der Breite Teppichhändler und Installateure. Da ist nichts zu holen.

Volontariat bei Axel Springer, BWL an der TU, und schon bald war Aylin die jüngste Staatssekretärin für Verkehr und Umwelt EVER. Aylin glaubte eine Weile, die Zukunft Berlins mitzubestimmen. Das war natürlich vollkommener Unsinn. Die treibenden Kräfte waren andere. Sobald Aylin das erkannte, hat sie sich umorientiert und hält sich seitdem als einfache Abgeordnete alle Optionen zur Politik offen, mischt mit bei unziemlichen Absprachen, beim Aushecken von geheimen Plänen und jeder Art von Geklüngel. Sie sitzt in Stiftungen und Aufsichtsräten und, ganz wichtig, im Freundeskreis der Nationalgalerie, da sitzen sie alle, die Einflussreichen: Promifriseure, Sicherheits- und Facility-Manager, Pressesprecher der BVG, ein paar Hardenbergs, Versicherungs- und Immobilienmakler, die Hautevolee des Berliner Machtzirkels.

Den persönlichen Kontakt nach ganz oben pflegt Aylin bei den Heimspielen von Hertha in der Ehrenloge im Olympiastadion, da gibt es Küsschen vom Bürgermeister, der Kanaille, Hauptsache sie wird gesehen, das ist wichtig.

Wie viel kostet Glaubwürdigkeit, wann wird aus einem unabhängigen Politiker ein korrumpierter? Wer wird von Furcht, Gier oder Geilheit getrieben? Aylin weiß es. Und sie nutzt ihr Wissen.

Eine Journalistin von der *FAZ* wollte eine Reportage über sie schreiben, aber Aylin hat dieses Ansinnen geräuschlos abgewürgt. Buchstäblich. Die Journalistin erlebte einen unvorhergesehenen Schicksalsschlag und hat jetzt andere Prioritäten.

Der Schlüssel zu Aylins Erfolg: Sie ist Frau, Türkin und eine echt Berliner Pflanze.

Noch vor kurzem dreifach unmöglich, heute eine prima Kombi.

Früher war sie auf der Jagd nach dem Respekt der Kollegen, überzeugt, Respekt sei die entscheidende Währung. Bis ihr aufging, der Respekt dieser sexistischen Flitzpiepen ist für'n Arsch. Respekt an sich ist nicht schlecht, aber von wem der Respekt kommt, das macht die Währung. Die Berliner Politkleinkrämer respektieren Frauen sowieso nicht als gleichberechtigt, die tun nur so, um politisch korrekt zu erscheinen. In Berlin funktioniert alles über Männerbünde, ob über Puff- oder Schwulenconneci. Und so kam Aylin zu der Einsicht: Respekt ist schön, aber Geld ist die härtere Währung.

Aylin nimmt ihre Sonnenbrille ab und legt sie vor sich auf den Tisch. Eine Mykita mit smaragdgrünem Rand. Aus dem Bikini-Haus. Auch da hat sie für die Investoren den Boden bereitet.

Charlottenburger Notare, die türkische Gemeinde, Pankower Ost-Aristokratie, alter Wilmersdorfer Geldadel, sie alle vertrauen ihr. Und Aylin liefert. Sie ist eine professionelle Manipulatorin und versteht es, all die Lakaien, Verwaltungstrolle, Möchtegerns, Opportunisten, Lügenbarone, Quacksalber, Sesselpuper, Nieselprieme, schlicht, das ganze Berliner Polit-Kroppzeug nach ihrer Pfeife tanzen zu lassen – eine Hand wäscht die andere, ich gucke weg, wenn du auch wegguckst. Jeder hat Dreck am Stecken. Typisches Bezirksgewurschtel, mauscheln im Halbdunkeln, darin ist Aylin spitze. Die Deals, die sie einfädelt, sind hochprofitabel. In all den Jahren hat sie mehr Investoren reich gemacht als irgendwer sonst in der Branche.

Aber jetzt ist sie dran.

Sie hatte den richtigen Riecher. Vor allen anderen. Mal wieder.

Bestes Bauland. Maximale Rendite.

Denn, was zeichnet eine gute Immobilie aus? Lage. Lage. Lage.

Zugegeben, die Lage – Lankwitz – ist scheiße. Wer will schon nach Lankwitz? In dem Namen müffelt Marienfelde schon durch.

Abwarten. Alles eine Frage der Verpackung.

Erst mal galt es, die Hürden aus dem Weg zu räumen. Und die waren happig. Man glaubt nicht, wie viele Loser diesen erbärmlichen Flecken Erde als ihr gelobtes Land preisten und sich nicht auszahlen lassen wollten. Ihre üblichen politischen Daumenschrauben verboten sich von selbst. Laubenpieper und Lesben sind in Berlin sakrosankt, und Getränkegroßhändler wie Tankstellen- oder Bordellbesitzer mafiös. Deren Verstrickungen reichen bis ins Rote Rathaus.

Also hat sie all jene effizient und lautlos aus dem Weg räumen lassen. Man muss ja vorankommen.

Doch dann drohte neues Ungemach. Es gab Pläne, die freiwerdende Fläche im Lankwitzer Dreieck unter der Auflage auszuschreiben, auf dem Gelände ein Containerdorf für Flüchtlinge zu errichten. Ach Gottchen. Auf lange Sicht rechnet sich so was überhaupt nicht. Die Leute wird man ja nie wieder los, und in der Nachbarschaft gehen die Preise in den Keller.

Aylins Ass im Ärmel, ihr Verkaufsargument: Familienbiotop.

Wenn man sich auf die Fahne schreibt, Familien zu fördern, wagt niemand mehr Kritik. Und der Bezirk schreit hurra.

Sozial Schwache, gesellschaftliche Randgruppen, selbst Flüchtlinge, all jene, von denen man meinen könnte, dass sie den besonderen Schutz des Staates genießen, müssen sich hinten anstellen, wenn es um Häuschen für Mittelstandsfamilien mit Kindern geht.

Aylin hat selbst an dem Gesetzentwurf mitgebastelt – und es sich von den Discountern ordentlich entlohnen lassen –, dass vor Berlins Supermärkten auf Bezirkskosten Behindertenparkplätze in extragroße »Familienparkplätze« umgebaut werden dürfen, damit der Premium-Kompaktvan sämtliche Türen aufsperren kann, um die fußfaule Brut direkt vor den Eingang zu kippen. Die Kids stürmen dann schreiend die Auslagen, und der Einkaufswagen füllt sich. Mit Familien macht man wesentlich mehr Kasse als mit Gehbehinderten, die ein Pfund Butter und 'ne Packung Kaffee kaufen und sich dann erschöpft zur Kasse schleppen.

Aber Familien mit Kindern brauchen nicht nur Parkplätze, sondern vor allem ein Haus mit Garten. Und Aylin hat das passende Angebot, billig zu bauen und teuer zu verkaufen. Moderne Zwergenhäuser. Dicht an dicht, dann haben sich alle im Blick und können aufpassen.

Jetzt müssen nur noch die Familien anbeißen, und zwar die, die es sich leisten können. Die anderen zu fördern, zahlt sich eh nicht aus.

Wenn man diesen besserverdienenden Ein-bis-zwei-Kind-Familien vermittelt, dass genau so ein Häuschen ihr Traum ist, dann kann man die Lankwitzer Randlage als Insel im Großstadttrubel verkaufen und die Eigentumswaben als energieeffizient und konsequent ökologisch. Diese Familien dürfen sich fortan zu den Gewinnern der urbanen Gesellschaft zählen.

Nie wollten sie so sein wie ihre Eltern in ihrem piefigen Reihenhaus und übersehen angesichts des schicken Hochglanz-Exposés, dass die Wände 30 Jahre später noch dünner sind als in den 70ern und dass sie fortan festsitzen zwischen Fertigbauelement und austauschbarer Ikea-Küche. Und mit öko ist's auch nicht weit her – nur weil eine handtuchgroße Solarplatte auf dem Dach klemmt und zwei Meter Rasen vor der Tür ausgerollt sind. Dafür muss man flüstern, damit die Zicke von nebenan nicht alles mitkriegt.

Alles eine Frage des Marketings: *Ihr Leonoren-Elysium in den Lankwitzer Auen* prangt auf dem Werbebanner. Aylins Wortschöpfung, da ist sie mächtig stolz drauf, klingt nach grünem Paradies.

Der Vorverkauf läuft wie Bolle. Fehlt nur noch die offizielle Unterzeichnung mit dem Bezirksbürgermeister. Und dann ab in den verdienten Ruhestand. Nach Thailand, da ist Dienstleistung nicht nur ein Wort!

Die Zwergenhäuser sind Aylins Ticket ins Paradies. Mit Berlin ist sie durch.

Keiner durchschaut's. Auch nicht die Schrapnelda, die ihr jetzt gegenübersitzt. Gut, die hat eins und eins zusammengezählt, aber wer würde dem Knastvogel schon glauben? Die will eh nur über ihren Macker, den Spirituosen-Herbert, reden. Wie rührend.

»Karten auf den Tisch, meine Liebe«, sagt Aylin,

»das Grundprinzip einer Agentur wie jener, die Sie zu mir geführt hat, sollte ja eigentlich absolute Geheimhaltung sein.«

»Sollte ...«

»Diskrete Informationen sind mein Betriebskapital. Dennoch sitzen Sie vor mir, weil Sie in ähnlichen Gewässern fischen wie die von mir beauftragte Agentur. Ich weiß Bescheid. Sie sind zwar erst seit kurzem dabei, aber meine Lage müssten Sie dennoch verstehen.«

»Wieso?«

»Ich mache mir ungern die Hände schmutzig.« Hier senkt Aylin ihre Stimme. »Vor allem dann nicht, wenn ich andere dafür bezahlen kann. Gesetzestreuer als ich kann man gar nicht sein. Ich habe noch nicht mal einen Punkt in Flensburg.«

»Warum Herbert?«

»Ich hatte ihn um was gebeten.«

»Um was?«

»Das wissen Sie doch bereits.«

»Ich will es hören.«

»Sein Grundstück im Lankwitzer Dreieck.« Aylin lässt ihren Blick über die Tische wandern. »Er hat mich hingehalten und mir gedroht. Letzten Endes hat die Mimose doch unterschrieben und den Vertrag meinem Anwalt geschickt, natürlich nicht, ohne sich vorher ordentlich schmieren zu lassen. Ist noch am gleichen Nachmittag zum Juwelier getapert. Der plötzliche Gedankenumschwung war wohl seiner neuen Flamme geschuldet und der Idee, mit ihr in die Sonne zu segeln. Das sind dann wohl Sie?«

Das Gemurmel im Raum scheint jäh zu verstummen.

»Aber davon hab ich erst einen Tag später erfahren. Sonst hätte ich die Aktion gegen ihn abgeblasen. Dumm gelaufen.«

Der Schmerz kommt blitzartig, und einen Augenblick hat Bea das Gefühl, ohnmächtig zu werden. Aylins Worte hängen in der Luft, und Bilder von Herbert schwirren in Beas Kopf hin und her. Sie schluckt und wirft einen Blick zur Tür. Draußen warten Irene und Heidi. »Tut es Ihnen leid?«

Aylin setzt an, doch Bea kommt ihr zuvor: »Egal.«

Aylin ist es nicht gewohnt, dass man ihr über den Mund fährt, also holt sie Luft für eine Replik, aber da ist Bea schon gegangen.

30

Bea tritt auf die Straße. Ihr Brustkorb krampft zusammen, und sie hat das Gefühl, sich übergeben zu müssen.

Rechts von ihr der Berlinale-Palast, wo im Februar die Stars auf dem roten Teppich posieren. Aber jetzt wenig Betrieb. Kaum Fußgänger.

Die Gedanken jagen Bea wie im Zeitraffer durch den Kopf. Trotz all der Wut kann sie ein Glücksgefühl nicht unterdrücken. Herbert wollte mit ihr in die Sonne segeln. Ihr Zorn lässt nach, und die Welt um sie herum nimmt wieder Konturen an. Ein Pulk Tauben flattert auf.

Heidi kommt auf sie zu, ihre Absätze klackern auf dem Asphalt. Irene wartet vorm Starbucks gegenüber. Sie stapelt die Pappbecher ineinander.

Jetzt wird's brutal.

Den SUV nimmt Heidi nur aus dem Augenwinkel wahr.

Der Aufprall erzeugt ein dumpfes Echo. Heidi reißt die Augen auf und sackt zusammen.

Der SUV bremst und setzt zurück, langsam überrollt er Heidi. Ihr Körper gibt nach wie die Kaffeebecher in Irenes Hand.

Ein Hund kläfft. Leute schreien.

Der Motor heult auf, und der SUV prescht in die Voxstraße.

Irene kommt angerannt und kniet sich neben Heidi. Bea bleibt starr hinter den beiden stehen. Sie ist unversehrt.

Irene packt Heidis noch warmes Handgelenk, fühlt den Puls, kein Lebenszeichen. Blut rinnt aus Nase und Ohren, die Augen stieren überrascht nach oben. Irene folgt dem Blick. Eine weiße Wolke am knallblauen Himmel.

»Es kann nur eine Königin geben.« Aylin tritt neben Bea. Ihre Stimme ist schneidend. »Zur Beantwortung Ihrer Frage. Was ich getan habe, würde ich ohne Zögern wieder tun.«

Sirenen kommen näher.

»Und während wir uns hier unterhalten, kümmern sich meine fleißigen Revanche-Damen um Ihre Wohnung. Ich weiß schon lange, mit wem ich es zu tun habe. Sechs Stunden, dann sind Sie raus aus der Stadt. Sie haben eh nichts gegen mich in der Hand. Und selbst wenn, wer bitte schön glaubt einem Ex-Knacki? Und nun entschuldigen Sie mich. Die Besprechung ist zu Ende.«

Irene hört jedes Wort, das in ihrem Rücken gesprochen wird. Der Schmerz kann einem das Hirn vernebeln, aber in Irenes Kopf herrscht gestochen scharfe Ordnung. Ihre Abwehrsysteme fahren hoch.

So einen Moment hatte Irene schon einmal, acht

Jahre ist das her. Der Instinkt, sich zur Wehr zu setzen, bricht sich Bahn.

Aylin hat Heidi für Irene gehalten. Irene selbst hat sie nie zu Gesicht bekommen. Einen unbekannten Gegner kann man nicht besiegen.

»Komm«, flüstert Irene und zieht Bea mit sich. Um sie herum wimmelt es von Schaulustigen. Sie reihen sich ein in die Schar der Passanten und verschwinden in der Menge.

31

Herbert ist tot. Heidi ist tot.

Und wenn man weiß, wer Leichen im Keller hat, liegt man früher oder später selbst daneben.

Bea und Irene sind angehalten abzuhauen.

Frauen wie Aylin halten sich für unverwundbar – aber da irrt sie.

Als Strippenzieher sollte man nicht das Ende der falschen Strippe in der Hand halten.

Beas Butze ist verwüstet. Alles herausgerissen und durcheinandergeschmissen, Laptop, Fotoapparat, alle Aufzeichnungen weg.

Irene und Bea klauben in aller Eile ein paar Klamotten zusammen, und schon sind sie wieder raus aus der Wohnung. Erst mal weg. Flucht auf sicheres Terrain. Wo auch immer das ist.

Kurz bevor die Tür ins Schloss fällt, schnappt sich Bea noch Herberts Allwetterjacke und streift sie über. Wie ein Schutzschild.

Zurück auf der Straße sticht ihnen der Geruch von Benzin in die Nase. Hinter ihnen klickt ein Zippo. Instinktiv gehen sie in Deckung. Die Explosion ist ungeheuer laut. Scherben fliegen durch die Luft. Flammen wüten.

Der Polo brennt.

Überall Qualm, aber Irene und Bea sind wie gelähmt.

Das Blaulicht reißt sie aus der Erstarrung. Irene drängt Bea vorwärts. Um die Ecke parkt der Aygo. Gott sei Dank. Den haben sie noch.

Rein in den Wagen. Auf dem Handy gibt Bea die Adresse ein: Adlershof. Die Akkuanzeige leuchtet rot, nur noch drei Prozent. Für einen Anruf reicht's.

Sie rauschen über die Stadtautobahn und parken den Aygo direkt unter der roten Markise von Studio A.

Irene zieht den Schlüssel aus dem Zündschloss und öffnet die Tür. Bea bleibt sitzen. »Ich kann nicht aufhören, daran zu denken«, flüstert sie, »Heidis Augen. Und Herbert an all den Schläuchen.« Sie löst den Gurt und will aussteigen.

»Noch einen Moment«, hält Irene sie zurück. »Ich weiß, nichts läuft wie geplant ...« Sachte legt sie Bea die Hand auf die Schulter. »Ich hab's vermasselt. Aber mit dir zusammen krieg ich uns hier raus. Du und ich, wir sind zwei Frösche im Milchglas. Wir strampeln so lange, bis die Milch gerinnt und wir über Butterberge in die Freiheit klettern, okay?!«

Bea nickt.

Und jetzt wird's wild.

»Hallihallo, die Scheiße von heute weissagt deine Zukunft von morgen«, das Tor schwingt auf, und Thomas strahlt, »euch wird geholfen werden!«

Bea stellt Irene vor.

»Ah, Sie sind die Virtuosin hinterm Steuer!«

Irene und Thomas drücken sich die Hände.

»Fantastisch, Sie nun endlich auch persönlich kennenzulernen, Irene. Was für eine Freude, dass ich die Möglichkeit bekomme, mich zu revanchieren!«

Thomas trägt ein knöchellanges Samtkleid in Flaschengrün und ein dramatisches Make-up in irisierenden Mauve-Tönen, das hervorragend mit dem Grün des Kleides korrespondiert. Vermutlich erst recht im grellen Scheinwerferlicht.

»Auf geht's!« Thomas klatscht zweimal in die Hände, »Hopp, Hopp, meine Damen, das Imperium schlägt zurück«, und strebt wieder Richtung Studio: »Ich kenne die Frauen, ihre Tricks und Nöte, ich weiß, wo man ihnen zusetzen kann.« Der Fahrstuhl öffnet sich, und Thomas drückt auf die Eins. »Wer mit Dreck schmeißt, erntet Scheiße. Willkommen beim K-Orakel.«

Thomas führt Irene und Bea den nüchternen Büroflur entlang, vorbei an Masken- und Garderobenräumen.

»Was hast du vor?«, fragt Bea, und Thomas antwortet, ganz die Pythia: »Was sich wie das Ende anfühlt, ist erst der Anfang.« Er setzt sein Moderationslächeln auf. »›Action‹, sprach der Fuchs und knipste im Hühnerstall das Licht aus!«

32

»Diese Weiber sind eine echte Plage.« Thomas' Büro ist nicht größer als ein BVG-Häuschen, ein Würfel mit riesigen Glasscheiben. Von allen Seiten einsehbar.

Er setzt sich hinter seinen Schreibtisch, Bea und Irene nehmen davor Platz. Kaffee blubbert aus der Maschine. Eine Praktikantin serviert eine Schale Kekse, ein Glas Weingummi und breitet Servietten aus.

»Brainstormen macht mich immer wahnsinnig hungrig. Greift zu!«

Die Praktikantin schließt hinter sich die Tür, und sie sind allein.

»Was da mit euch passiert ist, verlangt nach tröstenden Worten, aber dazu haben wir keine Zeit. Dafür kann ich euch helfen, des Schicksals Pendel wieder in eure Richtung ausschlagen zu lassen.« Thomas löffelt Zucker in seine Tasse und rührt. »Die diabolische Kaltblütigkeit dieser Unheilsweiber schlägt dem Fass den Boden aus.«

Sein Handy vibriert auf dem Tisch. Thomas wirft einen Blick auf das Display, zieht die Augenbrauen zusammen und tippt eine Antwort. »Wo war ich?«

»Frauen!«

»Meine Zielgruppe. Niemand streitet so unversöhnlich. Zicken gegen Schlampen. Mütter gegen Nicht-Mütter. Mütter gegen andere Mütter. Verheiratete gegen Erotomaninnen. Nonstopflittchen gegen Langzeitsingles. Und die Ironie dabei ist, ausgerechnet ihr, die ihr für die Selbstbefreiung eurer Geschlechtsgenossinnen kämpft, werdet von ebensolchen hinterrücks ausgeknockt.«

Irene und Bea nicken ernst.

»Und Nutznießer sind am Ende immer nur die Männer!«

»Das war schon immer so«, schnaubt Bea.

»Muss aber nicht so bleiben.« Thomas stellt seine Tasse ab. »Die Berliner Göre ist schließlich ... na?!«

»... ein Mädchen?«, rät Bea.

»Und der Berliner Bär ...«

»... eine Bärin!«

»Eben!« Thomas fischt eine Gummischlange aus dem Glas und zieht sie in die Länge.

Jetzt wird's politisch.

»Berlin ist die Stadt der Frauen.« Er kaut auf dem Weingummi rum. »Wir hatten einen schwulen Bürgermeister, der als Symbol des Fortschritts gefeiert wurde. So what? Ein Schwuler ist auch nur ein Mann! Was nutzt die ganze Emanzipation, wenn uns nach wie vor Männer regieren? Nennt mir eine politisch einflussreiche Berlinerin.«

Schweigen.

»Wo sind die Entscheiderinnen?«

Keine Antwort.

»Wer hat Berlin vor Napoleon gerettet?«

Irene und Bea zucken die Schultern.

»Unsere Luise!«

»Ah so.«

»Wer hat Berlin wieder aufgebaut?«

»Frauen.«

»Wer hält den Laden am Laufen?«

»Frauen.«

»Und wer regiert?«

»Männer.«

»Welche großen Berlinerinnen kennt die Welt? Und jetzt kommt mir nicht mit Marlene oder der Knef. Die waren für Entertainment zuständig, aber nicht für Macht. Hat's das jemals gegeben in Berlin: Herrscherinnen, Regentinnen, Bürgermeisterinnen?«

»Nofretete.«

»Die ist zugereist.«

»Deine Luise.«

»Angeheiratet und ohne politisches Amt.«

»Merkel.«

»Aus Hamburg.«

»Buh.«

»Seit der Osten wieder bei uns ist, feiern wir jährlich den Welt-Frauentag. Was hat's gebracht?«

»Weiß nicht.«

»Eine verwelkte Rose auf die Hand. Sonst nüscht. Und wer ist dran schuld?«

»Die Männer?«

»Nein.«

»Nein?«

»Ihr selbst!« Thomas beugt sich über den Tisch. »Was wäre«, fragt er, »wenn wir eine Allianz der Berlinerinnen schmieden? Nicht eine gegen die andere, sondern miteinander.«

»Aber wie?«

»Kennt ihr *Rocky*?«

»Den Film mit dem Boxer?«

»Mit Rocky Balboa identifiziere ich mich zu 100 Prozent. Einmal die Treppen von Philadelphia hochjagen wie einst mein Vorbild, das ist mein Traum. Natürlich in Samt und High Heels, aber alle 72 Stufen.« Thomas ballt die Fäuste. »Rocky weiß, dass er keine Chance hat, aber er nimmt den Kampf auf, stellt sich, obwohl alle meinen, es sei zu spät für ihn.«

»Für uns ist es schon lange zu spät«, resigniert Bea und nimmt sich einen Keks.

»Es benötigt nur einen entscheidenden Treffer.« Thomas lehnt sich zurück und schlägt die Beine übereinander. »Seien wir ehrlich, diese Aylin ist eine mafiöse Provinzgurke, und ihre drei Vasallinnen sind biedere Vorstadtmuttis, richtig?«

»Richtig«, wiederholt Irene.

»Worum geht's dieser Aylin?«

»Moderne Zwergenhäuser verhökern«, sagt Bea.

»Wobei sie Grund und Boden ja noch gar nicht besitzt«, erwidert Irene.

»Eben«, bekräftigt Thomas, »die inszeniert hier ihre eigene Immobilienblase, und das in Lankwitz. Dabei ist ihr Ziel genau dasselbe wie das der Investmentfatzkes mit ihren faulen Krediten ... nämlich?«

»So viel Kohle abgreifen wie möglich, und dann ab ins Ausland«, resümiert Irene.

»Genau. Und warum seid ihr im Weg?«

»Wir sind über die Leichen gestolpert, die ihren Weg pflastern.«

»Und was habt ihr gegen sie in der Hand?«

»Wir können ihre Blase platzen lassen.«

»Aber nur, wenn wir uns selbst ans Messer liefern«, wirft Bea ein.

»Na ja, die Chancen, dass ihr noch mal so was wie ein anständiges Leben führt ...«

»... die sind im Moment wohl eher gering.« Bea wischt die Krümel vom Tisch.

Thomas nickt. »Daher empfehle ich einen Abgang mit Wums.«

Das Handy vibriert. Eingehender Anruf. Thomas hält es ans Ohr, lauscht: »Alles klar, so machen wir's«, sagt er und legt auf. »Zeit für Ay Caramba!« Er wirft die Arme in die Luft. »Wenn dir was Angst macht, gehe nicht in Deckung, sondern tanze dazu!«

33

»Ich habe meinem Schwanz abgeschworen.«

1000 Frauen jubeln.

Thomas reißt die rechte Faust in die Höhe, und die Frauen tun es ihm gleich – Daumen und kleinen Finger abgespreizt. Eine unter Surfern gebräuchliche Geste, die so viel wie ›Gute Welle‹ bedeutet. Unter den 40-Pluslerinnen gibt's keine Surferinnen, und so hat Thomas die Geste leicht gedreht in ein Lankwitzer-L-Zeichen transformiert: »Das sind wir. Geballte Faust und großes L!«

In besonders kämpferischen Momenten seiner Ansprache wird einfach der Mittelfinger mit ausgestreckt. »Don't fuck with Lankwitz!« – auch wenn diese Gebärde rein anatomisch nicht jede hinkriegt.

»Nichts gegen Schwänze grundsätzlich«, ruft Thomas, »Schwänze sind was Wunderbares ...«

Buhs, Trillerpfeifen und Zustimmung halten sich die Waage.

»... aber nicht, wenn sie den Takt vorgeben!«

Donnernder Applaus.

Thomas steht auf einer provisorischen Bühne im Lankwitzer Dreieck. Eigentlich wurde sie errichtet für die Honoratioren zur feierlichen Übergabe des Geländes an Aylin. Die geladenen Gäste sind völlig perplex angesichts der unerwarteten feindlichen Übernahme von Heerscharen von Frauen. Aylin wartet neben dem Bezirksbürgermeister, ihre drei Vasallinnen stehen ganz vorne unter den Zuschauern.

Die Uferregion zum Kanal ist gerodet. Die Sperrholz-Aufsteller mit den Zwergenhaus-Bannern trotzen dem nasskalten Novemberwetter. Das Lankwitzer Eisstadion ist abgetaut. Im Innenraum stehen dichtgedrängt die Frauen, die Thomas' Aufruf zur Fusion weiblicher Energie gefolgt sind.

Thomas' K-Gemeinde ist völlig aus dem Häuschen angesichts der Live-Show und hat extra Proben eigenen Materials mitgebracht. Sauber in Tupperdosen konserviert und geruchsdicht verschlossen. Wie Samba-Rasseln beim Zumba schwenken sie sie als Fanal über ihren Köpfen und huldigen ihrem Zeremonienmeister auf der Bühne: »Dein Geschäft von heute ist die Zukunft von morgen!«, skandieren sie.

Thomas ist Voodoo-Priester, Stimmungskanone und Suffragette in einem. Er reckt die Faust zum L-Zeichen: »Lankwitz sind wir.«

Irenes Kolleginnen aus dem KaDeWe wedeln mit BHs in Hotpink, Flamencorot, Atlantikblau, Wasabigrün, Mangogelb und Purple. Die *Lankwitzer Leonoren Lesben* präsentieren das Konterfei ihres Häuptlings Wilma mit einer Trauerbinde in Regenbogenfarben. Die Laubenpieperinnen schwingen Gießkannen, Beas Klientinnen aus dem Fitness First Saunatücher, die aus der Confiserie Reichert Kuchengabeln. Faktotum

Gitta hat ihre Mädels mitgebracht, die ganz erstaunliche Dinge mit ihren Zungen machen: schnalzen, rollen, trillern. Gittas Enkel, der Internetspezi, filmt die Chose.

Jetzt wird's metaphysisch.

Beichte und Buße. Reinen Tisch machen, lautet die Devise.

Irene tritt ans Mikro. »Unsere Vergangenheit ...«, sie wählt ihre Worte überlegt, »unsere Vergangenheit ist vermintes Gelände.« Bea steht neben ihr und kneift die Augen zusammen, sie versucht, Gesichter im Publikum auszumachen. Gleich um die Ecke hatte Herbert seinen Getränkemarkt. Nichts mehr übrig. Die Abrissbirne hat ganze Arbeit geleistet.

»Wir wollen das, was wir getan haben, nicht romantisieren«, räumt Irene ein, »aber schämen tun wir uns auch nicht.« Bea nickt und greift Irenes Hand.

Thomas tritt hinter Irene und Bea und legt seine Arme um ihre Schultern. »Euer Einsatz war vielleicht rein rechtlich betrachtet nicht immer koscher, aber moralisch umso wertvoller. Was ihr mit einem durchdachten Businessplan und ein paar PS alles erreicht habt – völlig neue Perspektiven für so viele von uns.«

Jubel brandet auf.

»Doch auch unter uns gibt's Verräterinnen!«

1000 Frauen halten die Luft an.

»Unsere zwei Heldinnen haben sich ihnen entgegengeworfen.«

»Irene und Bea! Irene und Bea!! Irene und Bea!!!«

»Lankwitz ist der einzige Ort, an dem ihr euch je zugehörig fühltet. Und jetzt jagt man euch weg.«

»Buh!«

»Weil ihr aufgemuckt habt.«

»Bravo!«

»Aber der wahre Grund ist viel simpler: Weil man meint, ihr hättet ausgedient. Wie wir alle.«

Betroffenes Schweigen.

»Über 40 und nicht aus Mitte. Danke und tschüs.«

Thomas holt tief Luft. »Aber ich sage: Schnauze!«

Und aus 1000 Kehlen: »Schnauze!«

»Das lassen wir nicht zu!«

»Das lassen wir nicht zu! Das lassen wir nicht zu!! Das lassen wir nicht zu!!!«

Thomas übernimmt den Rhythmus und kreiselt mit emporgerecktem L-Zeichen um die eigene Achse. Und Gittas Enkel legt die passende Mucke dazu auf, ein mit Didgeridoo-Klängen psychedelisch verfremdetes *Live is Life**, aber immer noch so weit erkennbar, dass man Mitgrölen kann.

»All together now!«

Und alle: »Nana na nana, Laba dabab dabab ...«

Eine transzendente Selbstentäußerung sortierter Lankwitzerinnen über 40: Faltenröcke, Drei-in-eins-Jacken, Schlupfhosen, Betonfrisuren, Pferdeschwänze, Bürstenschnitte, Muttchens, Tussis, emsige Arbeiterinnen, Komplex-Beladene, Drama-Queens, Traumich-nichs, Enthemmte, Karrierefrauen und Bord-

---

* ©Opus. Pfleger, Ewald. *Live is Life*. OPUS Music 1984.

steinschwalben brüllen vereint: »Nana na nana, Laba dabab dabab ...«

Die Eingeborenen von Lankwitz tauft Gittas Enkel seinen Livestream, der zum Gründungsmythos des Neuen Lankwitz beitragen wird. #lankwitzistdasneueneukölln, #lankwitzladysrocken. #lankwitznotforsale. Die Klickzahlen explodieren.

»An dieser Stelle auch ein großes Hallo an die Würdenträger der Lankwitzer Stadtverwaltung – unsere Vertreter«, Thomas zeigt auf den Kamerawagen von Spirit TV. »We are watching you!«

Der Lankwitzer Bürgermeister rückt instinktiv von Aylin weg. Auch ihre drei Vasallinnen sind in der Menge untergetaucht. Nur Aylin trotzt dem Sturm. Und packt ihr SPD-Lachen aus.

Harriet betritt die Bühne. Sie hat die Pudel dabei. »Hass gehört nicht zu meinem persönlichen Repertoire«, gesteht sie dem Publikum, und die Pudel machen Polonaise, »Neid und Eifersucht, zugegeben, aber Hass, nein. Ich will das an mir nicht zulassen. Und doch hasse ich mich selbst für das, was ich Irene und Bea angetan habe.«

Thomas umarmt Harriet: »Wir vergeben dir.« Irene und Bea nicken.

Und aus 1000 Kehlen: »Wir vergeben dir.«

»Und in diesem Spirit rufe ich uns alle auf ...«, Thomas zeigt auf Aylin, »auch ihr zu vergeben.«

Die Pudel machen Männchen, das Publikum teilt sich, und plötzlich ist es still. Nur Aylins SPD-

Lachen wabert über den Köpfen. Sie selbst ist verschwunden.

»An diesem historischen Ort«, bricht Thomas das Schweigen, »wo schon der Alte Fritz mit Leonore die Kleider tauschte, erneuern wir den Schwur auf ein frauenbewegtes Lankwitz!«

Harriets Mutter umarmt voller Stolz ihre Tochter, und der Bezirksbürgermeister verkündet: »Ich war schon immer Feminist. Das Lankwitzer Dreieck wird den Frauen zurückgegeben!«

Es beginnt zu regnen. Aber wen stört's?

Gittas Enkel dreht die Regler auf, die Menge feiert sich selbst, auch Aylins Vasallinnen, Charlotte, Steffi und Petra, befreien sich von ihrem Dämon und tanzen bis zur Besinnungslosigkeit.

Irene und Bea sitzen Seite an Seite auf der Bühne und lassen die Füße baumeln.

»Das hier hätte Heidi gefallen«, sagt Irene.

Bea nickt: »Und Herbert erst ...«

Rückblickend gesehen hatten Irene und Bea nie eine Chance. Genauso wenig wie Lankwitz. Aber in diesen Stunden wird die Lankwitzer Geschichte neu geschrieben und mit magischen Lettern in den Himmel geworfen.

34

Der Regen ist zu einem Nieseln abgeflaut.

Irene und Bea steigen in den Aygo, gurten sich an.

»Wohin?«, fragt Irene.

»Im Film, wenn sie Krebs haben oder sonst wie am Ende sind, antworten sie auf diese Frage immer: Ans Meer.«

»An welches?«

»Das französische?«

Irene nickt und startet den Wagen.

Sie biegen auf die noch im Dunkel der Nacht liegende verwaiste Leonorenstraße und folgen dem Ostpreußendamm stadtauswärts Richtung Teltow.

Die Tachonadel pendelt bei 70 km/h. Die Fenster sind runtergekurbelt, die kalte Luft ist eine Wohltat.

Bea stemmt die Füße gegen das Handschuhfach und schließt die Augen. »Fast kann man schon das Meer riechen«, seufzt sie.

Irene lächelt. Vor ihnen ist zwar nur der Teltowkanal. Aber mit Bea liegt Lankwitz am Meer.

Das Radio spielt Elton Johns *I'm still standing.**

Ihre Herzen machen einen Sprung.

»Das ist ein Zeichen«, sagt Bea, »bestimmt!«

*I'm still standing, Yeah Yeah Yeah.***

Die letzten drei Worte schreien sie in die Nacht hinaus.

Jetzt wird's brutal.

Ein Knall. Der Aygo schleudert wie eine angeschnittene Bowlingkugel in einer Halbdrehung auf die Bäkebrücke zu und crasht mit dem Heck voraus gegen das gusseiserne Gitter. Direkt vor Irene und Bea: Aylin, die aus dem Cockpit ihres SUVs auf sie hinunterblickt. Die Autos Schnauze an Schnauze. Irene und Bea sitzen fest.

Aylin gibt Gas und rammt den Aygo Richtung Abgrund. Mit beiden Händen zieht Irene die Handbremse, aber der Kleinwagen hält der Kraft des SUVs nicht stand.

Die Balustrade knackt.

Der SUV powert.

Irene und Bea krallen sich an ihre Sitze, den Geruch von verbranntem Gummi in der Nase.

Die Verankerung der Balustrade bricht aus dem Asphalt.

---

* ©John, Elton. Taupin, Bernie. *I'm still standing.* HST Publishing LTD 1983.

** ebd.

Der Aygo ächzt, seine Hinterreifen rutschen ins Leere, drehen in der Luft.

Der Aygo kippt.

Irene greift Beas Hand.

Ein letzter Kick des SUVs, und der Aygo stürzt rücklings in den Kanal.

Aufprall.

Kaltes Wasser raubt ihnen den Atem. Das Lenkrad rammt sich in Irenes Magen. Warum geht der verfickte Airbag nicht auf?, denkt sie, Mistkarre.

»Raus hier«, schreit Bea, »bloß raus hier! Wir sinken ... Nein, wir ...«

Plöpp.

Der Aygo taucht wieder auf und schwimmt wie eine Rettungsinsel auf dem Teltowkanal.

»Ein Hoch auf unseren Leichtmatrosen«, jubelt Bea und zwängt sich durch das Seitenfenster nach draußen, »jedes andere Mobil wäre abgesoffen.« Bea krabbelt aufs Dach, klammert sich mit der einen Hand an die Antenne, mit der anderen hält sie Irene fest.

Und so treiben sie flussabwärts.

Aylin hängt über den Resten der Balustrade. Fassungslos springt sie zurück in ihren SUV, drückt auf *Start*. Das Display flimmert. *Error*. Nichts tut sich. Aylin haut aufs Lenkrad. Der Airbag poppt ihr ins Gesicht. Sie quetscht sich nach draußen, lässt den Wagen stehen und rennt blindlings zum gegenüberliegenden Brückengeländer. Gerade noch rechtzeitig, denn ...

Jetzt wird's laut.

In dem Versuch, Aylin auszuweichen, walzt ein riesiges Müllauto den SUV platt und schreddert ihn.

*Es ist egal, wie groß du bist, da ist immer noch jemand größer als du.**

Eine Radkappe kreiselt auf dem Asphalt, das Navi stottert: »Sie haben Ihr Ziel erreicht.«

»Allet jut, Fräulein?« Die Männer in Orange stürzen auf Aylin zu.

Sie könnte kotzen vor Wut. Aber Haltung! Nicht die Fähigkeit verlieren, auch einen kapitalen Crash als albernen Blechschaden zu verkaufen. Hauptsache keine Bilder liefern, die irgendwann mal gegen einen verwendet werden könnten. Irgendwer hat schließlich immer sein Handy im Anschlag.

Und außerdem hat sich Aylin geschworen, den männlichsten aller Fehler nie zu begehen: den richtigen Moment des Rückzuges zu verpassen. »Danke, meine Herren«, erwidert sie entschlossen, »mir geht es bestens.« Sie setzt ihr Genossen-Lachen auf. Das zieht immer.

»Haben Sie getrunken?«

Nun gut, heute zieht's nicht. Sie stolpert über das Trottoir und sackt auf die Plastiksitze der Bushaltestelle.

Wie konnten diese primitiven Irren sie derartig in die Scheiße reiten?

Lankwitz ist eindeutig nicht Aylins Kulturkreis.

---

* ©Busse, Johann Christoph. *Egal Song.* Bennefeld Albert Musikverlag, MCA Music Group 1976.

Irene schafft es nicht aufs Dach und treibt neben dem Aygo. Sie hat Mühe, sich festzuhalten. Jeder Muskel in ihrem Körper ist taub vor Kälte und Erschöpfung. Wellen klatschen ihr ins Gesicht. Sie zwingt sich zur Ruhe. Keine Panik. Den Blick fürs Wesentliche behalten. »Bea«, ruft sie, »das Allerbeste, was ich je gemacht habe, war, mit dir unsere kleine Firma zu gründen.«

Ein Suchscheinwerfer gleitet übers Wasser.

Bea blinzelt in die Dunkelheit. »Irene, da ist ein Boot«, sie streckt sich bäuchlings über die Kante, rechts fest die Antennenverankerung im Griff, »hierher, hierher, hallo, hört mich irgendjemand?« Bea langt mit dem linken Arm ins Innere des Aygos, tastet nach dem Lenkrad und drückt die Hupe.

Der Schlepper bringt Irene und Bea ans Ufer. Kaum sind sie an Land, gerät der Aygo in Schräglage und säuft ab. Ohne Wellen, ohne Öllache, mit Würde und einem dezenten Blubbern.

Jetzt wird's bemerkenswert.

Irene hält Bea Herberts Allwetterjacke hin. Das Einzige, was sie retten konnten. »Das olle Ding ist unverwüstlich.«

Bea schlüpft hinein. Klamm, aber vertraut.

»Wohin fahren Sie denn?«, fragt Irene die Binnenschiffer, die sie aus dem Kanal gezogen haben.

»Nach Paris.«

»Ach, wirklich?«

Bea lehnt sich derweil unweit des Promenadenweges gegen den Sandstein des Otto-Lilienthal-Denkmals. Der Boden unter ihren Füßen schwankt. Langsam kommt sie wieder zu Atem.

Noch immer hat sie den modrigen Geschmack des Kanalwassers in der Kehle.

Ihre Lippen sind aufgesprungen, und ihr Kiefer schmerzt.

Hier, um das Denkmal herum, findet jedes Jahr die Steglitzer Woche statt. Da war Bea schon als Kind. Hüpfburg-Springen. Das hat sie geliebt. Und nicht aufgegeben, bis sie so hoch sprang, dass sie mit dem kupfernen Ikarus oben auf dem Pyramidenkopf Auge in Auge war. Ein Jüngling, der sein ganzes Leben noch vor sich hat, die Arme waagerecht ausgestreckt, samt künstlicher Flügel, die Augen gen Himmel gerichtet. Voller Hoffnung. Und wirkt doch so zerbrechlich. Vielleicht auch nur, weil man sein Ende kennt.

»Wer zu hoch hinauswill ...«, hatte Beas Mutter stets gemahnt und ihr permanent reingedrückt, »immer schön uff'm Teppich bleiben!« Das hatte Bea befolgt. Ohne Widerworte. Ihr ganzes Leben lang. Warum eigentlich?

Es gibt Zeiten, da will man nichts anderes als auf Hüpfburgen tollen. Und dann wieder verzweifelt man an dieser kunterbunten Unbeschwertheit, weil man nicht mithüpfen darf, keine Kohle hat und auch sonst keine Möglichkeiten.

Und jetzt? Aufgeben? Einen Scheiß werden sie! Die größte Stärke einer Lankwitzerin ist ihr Wille!

Der Boden schwankt nicht mehr. Bea vergräbt die Hände in den Taschen. Der Schlepper hupt. Irene winkt. Bereit zum Ablegen. Die Positionslichter blitzen blau und rot. Behutsam durchbrechen erste Strahlen der Novembersonne die Wolkendecke.

Lankwitz nimmt Farbe an.

Bea stutzt. In der linken Tasche der Allwetterjacke fühlt sie etwas Schweres, Glattes. Vorsichtig umklammert sie den Gegenstand und zieht ihn – sachte – heraus, öffnet die Faust, und darin, meine Fresse, das Allerschönste, was Bea je gesehen hat, ein Saphir an goldener Gliederkette, das Herz der Spree, das teuerste und wunderschönste Amulett von Wempe.

Ein Kribbeln rauscht durch Beas Körper, ihr Schwerpunkt verrutscht, wie beim Hüpfburgspringen.

75 000 Euro funkeln tiefblau in ihren Händen. Als hätte jemand ein Licht angeknipst. Und in der Fassung die Gravur: *Für meine Königin.*

Epilog

Haben Sie schon gehört? Seit neuestem gibt es ein kleines feines Dessous-Geschäft in der Pariser Rue de la Victoire im III. Arrondissement. Da bestellt sogar Lagerfeld. Deux femmes allemandes entwerfen die exquisitesten Kreationen unter dem Label *La Reigne de Lankwitz*.

Deutschlands größte Testleser Community
Jede Woche präsentieren wir Bestseller, noch bevor Du sie in der Buchhandlung kaufen kannst.
Finde Dein nächstes Lieblingsbuch
vorablesen.de
Neue Bücher online vorab lesen & rezensieren
Freu Dich auf viele Leseratten in der Community, bewerte und kommentiere die vorgestellten Bücher und gewinne wöchentlich eins von 100 exklusiven Vorab-Exemplaren.
© PIKSEL · istockphoto